KB117445

결코
시시하지
않은
겉, 짓, 말.

유세윤
페이크
에세이

**결코
시시하지
않은**

FAKE ESSAY

▸ 겉
▸ 짓
▸ 말

김영사

▶ 작가의 말 ◀

안녕하세요, 유세윤입니다.
이 책은 농담 반 진담 반으로
구성되어 있습니다.
감사합니다.

주인공 유세윤 *80. 09. 12.*

청량리 성바오로병원에서 태어나 두 살이 되던 해 아버지의 화
장품 사업 때문에 대만으로 이민을 가게 된다. 하지만 대만 초등
학교 재학 시절 부모님은 성격차이로 이혼을 하게 되고 이후, 어
머니와 함께 바로 한국행 비행기를 타고 귀국했다. 아버지는 그
곳에 남아 아시아 전역을 돌며 사업에 전념한다. 그는 유년시절
작곡 분야에서 놀라운 재능을 보였는데, 그가 만든 음악들은 전
반적으로 태교 때 들었던 이야기와 멜로디들이라고 한다. (ex. 쿨
하지 못해 미안해, 집행유애) 중학교 음악 시험에서는 100점 만 점
에 75점이라는 놀라운 성적을 보여주기도 했다. 가수가 오랜 꿈
이었던 그는 스무 살이 되던 해 대형 기획사 오디션에 참가해 노
래를 부른 뒤 곧바로 개그맨으로 데뷔하게 된다. 이후 코미디언,
성우, 가수, 진행자, 화가, 작가, 배우 등 다방면으로 활동을 펼쳤
다. 지금은 아시아 전역에 있는 이복형제들과 대규모 댄스그룹
결성을 진행 중이다.

방송

〈개그콘서트〉〈황금 어장〉〈너의 목소리가 보여〉〈비정상회담〉
〈내 친구의 집은 어디인가〉〈유머 일 번지〉〈마녀사냥〉〈유브이 신드롬〉
〈아트 비디오〉〈비틀즈코드〉〈SNL 코리아〉〈코미디 빅 리그〉 외 다수

음악

2010	〈쿨하지 못해 미안해〉〈집행유애〉
2011	〈이태원 프리덤〉
2012	〈후 엠 아이〉
2015	〈미안해요 늙어서〉〈중 2병〉
2016	〈내가 죽일 놈이야〉〈운동할 때 들으면 좋은 노래〉〈흐앤므〉
2017	〈조한이 형〉〈이혼만은 노노노〉
2018	〈나도 많이 아팠어〉 외 다수

영화

2008	〈호튼〉 성우_ '누군가 마을' 시장 역
2010	〈아스트로보이〉 성우_ 스톤 총리 역
2012	〈신세계〉 관객_ 일산 CGV
2014	〈수상한 그녀〉 단역_ 록 밴드 보컬 역
2014	〈플랜 맨〉 음악_ 주제가 작곡/작사
2016	〈곡성〉 영화 동호회_ 토론 주제 외 다수

도서

2009	《이제 결혼하러 갑니다》 자기계발
2010	《아기와 나 그리고 너》 에세이
2013	《거꾸로 읽는 엄마 아빠》 판타지/무협
2014	《일산 경찰서》 장편소설
2015	《유턴》 웹툰
2017	《내 엉덩이로 만나는 인문학》 어린이 외 다수

○ **셋째 장**

아,
그럴 수도
있겠다

――――――――

＼

에필로그

나는 체험하지 않은 것은
한 줄도 쓰지 않았다.
하지만 단 한 줄도 체험한 것을
그대로 쓰지 않았다.

- 괴테

#첫 장

조작된
하루

존재하지 않는 이야기를 존재하는 것처럼 쓰고 싶었다.

그런데 점점 불안해진다.

정말,

존재해버리면 어쩌지.

탄생

나는 1980년 9월 12일 오후 12시 35분 서울 청량리 성
바오로병원에서 태어났다. 내가 만들어지던 시기에 우리
엄마, 아빠는 사이가 좋지 않으셨는데 때마침 크리스마스
이브가 되어 술 한잔을 걸치시다가 뜨거운 화해를 하셨다
고 한다. 나는 '크리스마스 화해 베이비'이다. 아직도 나는
내가 태어나던 순간이 잊히지 않는다. 내 몸을 처음으로
만진 건 의사 선생님이었고 그다음이 간호사, 그다음이
우리 엄마였다. 간호사는 나를 엄마의 가슴 위에 살포시
내려놓았고 고개를 들어 바라본 엄마의 얼굴은 아주 많이

지쳐 보였다. 엄마에게 힘이 되고 싶었다. 나는 내 가슴을
더 가까이 엄마 심장 쪽에 갖다 댔다.

"어머… 심장이 느껴져요."

엄마의 눈에서 따뜻한 물이 흘러내렸다. 아빠라는 사람
도 옆에 서 있었다. 어쩔 줄 모르는 모습이었다. 그는 계속
손톱만 물어뜯었다. 엄마는 아빠를 한심하게 바라보더니
천천히 고개를 돌려 힘겹게 나를 내려다보았다.

"어머!! 원숭이!"

놀라는 엄마에게 잠시 서운한 마음이 들었지만 솜털이
가득하고 양수에 피부가 쪼글쪼글 해진 내가 그렇게 보일
수도 있겠다 싶어, 그 마음은 금세 수그러들었다. 아빠가
다가와 말했다.

"잘생기기만 했구먼, 뭘."

훗날 나는 개코원숭이로 유명해지게 된다.

나는 돌잔치 때도 걷지 않았다. 또래 아기 친구들 중에 9개월 만에 걸음마를 뗀 친구들을 옆에서 보았는데, 무척이나 힘겨워 보였다. 유모차도 잘 안 태워주고 안아주지도 않고, 업어주기는커녕 자꾸 거기서 여기까지 와보라고 손뼉을 치는 부모의 모습들을 지켜보면서 '아, 걸어봐야 고생이겠구나'라는 생각이 들어 일부러 걸음마를 하려 노력하지 않았다. 하지만 엄마, 아빠가 잘 때 몰래 일어나서 걸어보니 그리 어렵지는 않았다. 나는 엄마, 아빠가 잠이 들길 기다렸다가 몰래 거실로 걸어 나가 아빠의 만화책을 보곤 했다. 엄마는 지인들을 만날 때면 내가 새벽에 한 번도 안 깨는 효자라며 자랑을 하곤 하셨다. 이유식도, 분유도 마찬가지였다. 그 느글느글한 식감과 맛이 너무 싫어 먹여주면 나는 계속 토하는 시늉을 했다. 나에겐 엄마의 젖이 너무도 달콤하고 든든한 식사였기 때문이다. 엄마의 젖을 물면 눈이 맑아지고 힘이 생기는 게 느껴졌다. 그런데 가끔 무척 쓰게 느껴질 때가 있었는데, 그날은 어김없이 엄마와 아빠가 다툰 날이었다. 날이 갈수록 엄마의 젖은 점점 쓰게 느껴졌고, 어느 날부턴가 아빠는 보이지 않았다.

어느 새벽, 여느 때처럼 거실로 나가 책을 보려고 하는데 엄마가 울고 계셨다.

나는 엄마를 위해 정성껏 타이마사지를 해주었다.

"아파요?"

나는 태국 옹알이로 엄마에게 물었다.

"아냐, 세윤아~ 엄마 하나도 안 아파.
아파서 우는 거 아니야.
아이고, 예쁜 우리 아들. 사랑해 우리 아들⋯."

엄마는 눈물을 훔치며 나를 꼭 안아주었다.

중2병 영상의 진실

나는 감성적인 아이임이 분명했다. 다른 아이들이 흙장난을 하고 놀 때 나는 창 밖을 보며 사색을 즐기고 잠들기 전 상상의 나래를 펼치며 푸른 새벽을 맞았다. 또 라디오에서 나오는 음악을 들으며 설렘을 느꼈고 밤하늘의 별을 한참 동안 바라보며 밤을 지새우기 일쑤였다. 매일 일기를 썼고 매일 시를 썼다. 나는 내가 쓴 일기를 마치 세상에서 가장 재밌는 소설을 보듯 보고 또 보며 혼자 즐거워했다. 당시 짝사랑하던 아이에게 부치지 못할 편지를 쓰기도 했다. 이렇다 할 놀이도 없이 내 감성과 상상만으로도 나는 충분히 재밌는 사춘기를 보내고 있었다. 내게는 '방황하는 사춘기'가 아닌 '설레는 사춘기'였다. 중학생이 된 나는 우등생이었고 모범생이었다. 시험 성적이 전교 5등 밖을 벗어나는 일이 거의 없었다. 그리고 '모범상'도 받았다. 바른 말과 바른 행동을 하는 학생에게 주는 모범상은 나를 더욱 '모범모범'하게 만들었고, 언제나 말과 행동에 신경을 쓰며 지냈다. '모범상'을 받았으니 정말 모범이 되어야 한다고 생각했기 때문이다.

"아, 이 새끼 존나 느끼하네. 시발."

친구들은 비속어와 욕을 쓰지 않는 나에게 자주 핀잔을 주었다. 친구들이 '아, 존나 짜증나'라고 말할 때 나는 '아, 정말 괴롭다'라고 말했다. 친구들은 서로를 부를 때 항상 별명을 부르거나 성과 이름을 붙여 말했지만 나는 다정하게 이름만 불렀다.

"종윤아~"

"찬식아~"

"승환아~"

"찬재야~"

"상민아~"

하지만 친구들은,

"야, 김종윤!"

"야, 박찬식!"

"어이, 홍승환!"

"어이, 박찬재!"

"이얼, 백상민~"

　서로를 이렇게 부르고 불리는 것이 그들에게는 자연스
러운 소통법이었다. 나는 내가 왜 친구들과 다른 건지, 내
가 왜 느끼한 새끼인지 알 수 없었다. 그러던 어느 날, 학
교 수업이 끝나고 교문 밖을 나서는데 누군가가 내 이름
을 불렀다.

"세윤아!"

돌아보니 어느 키 작은 아저씨가 코를 후비며 서 있었다.
모르는 사람이었다.

"네가 세윤이구나. 맞지?"

"네, 맞는데… 누구세요?"

"음, 아저씨는 방송국 피디인데,

네 얘기를 많이 들었단다.

시간 있으면 나랑 얘기 좀 할 수 있을까?"

그는 방송국 피디이고 단편 드라마를 제작 중이라고 했
다. 내가 그 드라마의 한 장면에 출연해주었으면 좋겠다
며, 우리 학교로부터 나를 추천받았다고 했다. 난 잠시 생
각에 잠겼지만 영화와 드라마의 광팬인 내가 거절할 이유
가 없었다. 가끔 배우가 되고 싶다는 생각을 한 적도 많았
으니까. 첫 연기라니, 가슴이 두근거렸다.

비중은 얼마나 될까?

대사는 뭘까?

어떤 역할일까?

나는 이번을 계기로 내가 그저 '느끼한 새끼'가 아닌 '끼 있는 친구'로 인정받을 수도 있겠다고 생각했다. 어떤 역할이든 어떤 대사든 잘 해낼, 아니 최선을 다할 자신이 있었다. 다만 이 사람이 사기꾼만 아니었으면 좋겠다는 생각이 들었다.

"저, 자신 있어요! 대본만 주세요."

"그래? 좋아. 그런데 혹시… 촬영을….

너희 집에서 해도 될까?"

수상했지만 알겠다고 했다. 나쁜 사람인 것 같진 않았다. 그냥, 느낌이 그랬다. 그는 키는 작았지만 얼핏 잘생긴 대만 사람 같았다. 그와 얘기하는 동안 속으로 은근히 잘생겼다고 생각했다. 며칠 뒤, 우리 집에서 촬영이 진행

되었다. 엄마도 신기한 일이라며 구경에 나섰다. (우리 집이니까 그냥 계신 거였지만) 그런데, 촬영 방식이 아주 독특했다. 촬영 스태프들이 잔뜩 올 줄 알았는데 조명도 마이크도 어떤 작은 소품도 하나 없이 달랑 조그만 카메라 한 대만 들고 온 것이다. 그리고는 카메라를 내 방 책상 위에 세워놓더니 나에게 카메라를 보고 마음껏 무엇이든 해보라고 했다. 카메라도 방송국 카메라처럼 보이지 않았다. 아무리 내가 드라마 촬영이 처음이라지만 이건 뭔가 이상하다는 것 정도는 알 수 있었다.

"재미있어 보이는걸? 아들, 파이팅이야."

의심하고 있는 나에게 엄마가 말했다.

"어휴, 모르겠다. 까짓 거 일단 해보자."

그렇게 촬영은 시작되었다. 하지만 막상 처음으로 카메라 앞에서 무얼 해보려 하니 입이 떨어지지 않았다. 무슨 말을 해야 하고 무슨 표정을 지어야 할지 막막하기만 했다. 어색하게 카메라 앞에 서 있는 나에게 피디 아저씨가 말했다.

"많이 어색하지? 하지만 앞으로는
카메라하고 친하게 지내야 할 거야."
"네?"
"카메라 앞에 서는 일이 많아질 거야."

아무것도 안 했는데 띄워주기는.
아무것도 안 했는데 내가 스타가 된다고요?

어쩔 줄 모르는 내 모습이 퍽이나 답답했던 모양이다. 그렇게까지 극단적인(?) 응원을 해주는 걸 보니. 하지만 그 말을 들으니 왠지 용기가 생겼다.

"음악 좀 켜놓고 해도 돼요?"

나는 일단 음악을 켜고 몸을 슬슬 움직여 보았다. 춤도, 행위 예술도 아닌 어떤 흐느적거림. 그냥 음악에 맞춰 조금씩 몸을 움직여 보았다. 긴장이 풀리기 시작했다.

"오, 아주 좋은데?
자, 이제는 카메라에 얼굴을 들이밀어 봐."

카메라 앞에 어디까지 가야 내 얼굴이 안 잘리고 나오는 거지? 아니, 뭘 좀 가르쳐주고 시키라고요.

시키는 대로 카메라 렌즈에 얼굴을 갖다 대었다가 떼었다가 카메라 옆으로 숨었다가 나타났다가. 아저씨가 시키는 대로 하면서도 머릿속으로는 '이게 무슨 드라마야, 대체.'라는 생각뿐이었다.

"자, 이게 대본이야."

실컷 마음대로 해보라더니 이제 와서 대본을 주나.

그럼 지금까진 워밍업이었던 건가.

나는 속으로 툴툴대며 대본을 보았다. 아니 그런데 이건 또 뭔가. 대본에 있는 대사들이 무슨 의미인지 도무지 이해가 되지 않았다.

'잔인해진다고? 두려워 마?
공포를 뭐 저주를 뭐 어쩐다는 거야.'

"아저씨, 이건 무슨 감정으로 연기해야 하는 거죠?"

피디 아저씨에게 물었다. 극 속의 인물을 연기하려면 적어도 배역의 성격과 대사의 감정 정도는 알려줘야 할 거 아닌가. 그는 코를 후비적거리며 말했다.

"음… 감정이라…."

음… 감정이라…?

'음… 감정이라…'라고?

아니 지금 장난하나. 여보세요, 아저씨 그걸 지금 생각하시는 거예요? 네?

"음… 감정이라… 음….

미래의 너에게 말하는 느낌이면 어떨까…."

미래의 나에게 말하라고?

이거 공상과학 드라마인가요, 아저씨.

예, 예. 알겠습니다. 분부대로 해드리죠.

이제는 그냥 빨리 촬영이 끝났으면 좋겠다는 생각뿐이었다.

돈은 주나. 괜히 한다고 했나 보다.

어차피 엑스트라일 텐데.

나는 아무 감정도 없이 그냥 카메라를 보고 대사를

시작했다.

"공포를 두려워 말라.

공포도 저주도 한순간의 허상일 뿐.

그 누구도 당신을 해치려 하지 않는다…."

내가 대사를 시작하자, 카메라 너머에서 날 보고 있던 피디 아저씨가 손으로 입을 막고 어깨를 들썩였다. 내 연기가 그렇게 웃긴가. 처음이니까 당연히 어색하지. 뭘 저렇게 웃는 거야. 사람 무안하게.

"아저씨, 왜요? 나 많이 이상해요?"

"아니… 아니… 흑…."

아저씨는 웃고 있는 게 아니었다. 울고 있었다. 그것도 아주 서럽게 울고 있었다. 아저씨의 눈물이 우리 집 방바닥에 뚝뚝 떨어졌다.

"아이고~ 총각, 왜 울고 그랴~"

우리 엄마가 본인의 옷소매로 피디 아저씨의 눈물을 닦아주며 등을 토닥였다.

"미안해요… 미안해요… 엄마… 흑흐흑…."

피디 아저씨는 우리 엄마에게 엄마라고 했다. 그래도 밉지 않았다. 다 큰 어른이 저렇게 펑펑 우는 걸 처음 보았는데 울고 있는 피디 아저씨가 귀엽게만 보였다.

"아저씨, 울지 마요~
내 연기에 감동했어요? 헤헤…."
"세윤아…."
"네, 아저씨."

아저씨가 눈물이 그렁그렁 맺힌 채로 나를 보며 말했다.

"세윤아, 아주 완벽했어… 고맙다… 정말 고마워."

"네? 아, 네… 가, 감사합니다…."

"세윤아, 내 말 잘 들어.

삶이… 생각보다 많이 고통스럽더라도

그 속에서 어떻게든

재미를 찾아내야만 해.

그래야 네가 살아. 알겠지?"

그렇게 아저씨는 바람 좀 쐬고 오겠다며 밖으로 나갔고 다시는 돌아오지 않았다. 카메라는 그대로 내 방에 남겨 둔 채로 말이다. 이후에 안 사실이지만 학교에서는 그 어떤 피디에게 연락이 온 적도, 그리고 나를 추천한 적도 없다고 했다. 그렇게 사람들이 내 이불 킥 흑역사라고 부르고 있는 '중2병 영상'이 탄생되었다. 그 뒤로 나는, 사람들의 비난과 미움으로 견딜 수 없이 힘들고 외로워 다 포기하고만 싶을 때, 그럴 때마다 내 '중2병 영상'을 꺼내어 보고는 한다.

공포를 두려워하지 말라.
공포도 저주도 한순간의 허상일 뿐
그 누구도 당신을 해치려 하지 않는다.

냉동 핫도그 사건

나는 고등학교 3학년 때 지독한 사랑에 빠져 있었다. 당연히 이 친구와 헤어지지 않을 거라고, 틀림없이 결혼해 행복하게 잘 살 거라고 굳게 믿고 있었다. 우리는 밤하늘의 별을 보며 훗날 우리 아이들의 이름을 짓기도 했다. 나는 하루도 빠지지 않고 그녀가 보고 싶었지만 당시 고3이었던 우리는 공부에 신경을 더 써야 했다. 하지만 우리 집이 학교 근처였기 때문에 수업이 끝나고 나서도 같이 공부한다는 핑계로 그녀와 더 함께할 수 있어서 좋았다. 중간고사를 앞둔 어느 날, 그날도 어김없이 학교를 마치고 그녀와 함께 공부를 하기로 하고 집으로 향했다. 평일 오후라 당연히 엄마, 아빠가 집에 안 계실거라 생각하고 그녀와 시시덕거리며 집 현관문을 열었는데 거실 소파에 아빠가 앉아 계셨다. 아빠는 팬티인지 뭔지 모를 헐렁한 반바지에 러닝셔츠만 입고 계셨다. 아빠도, 여자 친구도 딱히 반가운 상황은 아니었다. 여자 친구에게 부끄럽고 미안한 마음이 들어 얼른 내 방으로 들여보냈다.

"친구인데, 같이 공부하려고 온 거야."

묻지도 않는 아빠께 나는 그냥 '친구'라고만 소개를 하고 방으로 들어갔다. 조금 신경이 쓰이긴 했지만 멋쩍게 미소를 지어 보이는 여자 친구를 보니 이내 기분이 좋아졌다. 나는 배가 좀 출출한 것 같아 그녀에게 물었다.

"뭐 좀 먹으면서 할까? (공부)"

그녀는 좋다고 했다. 나는 거실로 나가 냉동실에 있는

핫도그를 꺼냈다. 핫도그의 포장지를 벗기고 전자레인지에 넣으려는 순간, 소파에서 짜증스러운 목소리가 들려왔다.

"어이구,
여학생이 공부는 안 하고
남자 집에나 놀러 오고 잘하는 짓이다.
쯧쯧."

내 방문은 열려 있었고 내 방과 소파는 매우 가까웠다. 들으라고 하는 소리인지 정말 걱정이 돼서 하는 소리인지 알 수 없었지만 그녀가 듣지 않았으면 하는 마음은 분명했다. 하지만 그녀의 붉어진 얼굴이 상황을 짐작게 했다. 감히 내 여자 친구를 욕하다니! 나는 화가 치밀어 올랐다. 어쩌면 아빠의 말을 들은 여자 친구가 다시는 우리 집에 오지 않을 것 같다는 생각 때문에 더 화가 났는지도 모른다. 나는 전자레인지에 넣으려던 냉동 핫도그를 아빠에게 던져 버렸다.

투캉! 투캉! 투캉!!

딱딱한 핫도그가 아빠의 얼굴 앞을 지나 소파 옆에 있던 에어컨에 부딪히고 다시 창문에 부딪혀 바닥으로 떨어졌다. 온 힘을 다해 던진 만큼 우당탕탕 엄청난 소리가 났다. 아빠는 눈을 크게 뜬 상태로 나에게 성큼성큼 다가오셨다.

"이놈의 자식이!!!"

아빠가 내 멱살을 잡았다. 나도 아빠의 멱살을 잡았다. 그렇게 한참을 서로 노려보며 멱살을 잡고 대치했다. 아빠도 처음 겪어보는 상황에 어찌할 줄 모르는 듯했고 나도 순간적으로 나온 내 행동을 어떻게 수습해야 할지 몰라 멱살을 잡은 채로 이러지도, 저러지도 못한 상태로 그저 멈춰 서 있었다.

"저 애 보내고 얘기하시죠."

방으로 가보니 여자 친구가 사색이 되어서 떨고 있었다.

"미안해. 오늘은 공부가 안될 것 같다.
다음에 같이 하자."

여자 친구를 보내고 나는 아빠에게 말했다.

"죄송해요, 아버지. 실은 제 여자 친구예요."

아빠는 처음으로 성인이 다 되어 제압하기 힘든 아들의
힘을 느끼고 적잖이 놀란 모습이셨다. 나 역시도 이런 나
의 돌발 행동에 심장이 진정되지 않았다. 아빠의 목에서
도 내 목에서도 서로의 손톱에 긁혀 피가 나고 있었다.

"그래, 그랬구나. 아빠도 미안하다.
네가 요즘 공부를 너무 안 하는 것 같아
걱정이 돼서 한 말이었다.
다신 이런 일 없도록 하자."

이것이 내 인생에서 아버지에게 가장 심하게 대든 일이며 두고두고 가장 죄송한 일이다. 그때 아버지의 심정이 어떠셨을까. 이제는 나도 한 아들의 아버지가 되었다. 만약 내 아들도 나처럼 언젠가 냉동 핫도그를 던진다면 그때 나는 어떻게 해야 할까 생각해보았다. 하지만 조금 생각해보다가 금방 다시 생각을 바꿔본다.

'아들이 냉동 핫도그를
나에게 던지지 않게 하려면 어떻게 해야 하지?'

군대 이야기

나는 목소리가 남들보다 큰 편이다. 때문에 군대에서도 내 목소리는 단연 돋보였다. 남들보다 우렁차고 큰 목소리로 관등성명을 하고 경례를 했다. 선임들과 간부들은 경례는 이렇게 하는 것이라면서 나를 칭찬했다. 하지만 병장이 되자 그들의 반응은 달라졌다.

내가 큰 목소리로 경례를 하면,

"너 지금 나한테 반항하냐?"

그때 나는 처음으로 원칙을 너무 잘 지키는 것도 반항이 될 수 있다는 걸 깨달았다. 그날 이후부터 나는 원칙을 따르기보다는 세상이 원하는 정도에 나를 맞춰가며 살았다. 정해진 온도보다 원하는 온도를 맞추며 사는 것이 훨씬 수월하다고 생각했기 때문이다.

*

하루는 아이가 어금니가 아프다고 하기에
입안을 확인해보려고
"크게 아~ 해 봐."라고 했더니
아이가 나를 똑바로 쳐다보면서 큰 목소리로
"아아-아-아!!!!!!!!!!!!"라고 대답했다.
음,
생각해보니까 나 병장 시절에 반항한 거
맞는 거 같다.

누나, 아니 여보

1. 첫 만남 _

나는 2002년 6월 10일에 전역했다. 당시는 한일 월드컵으로 온 나라가 들썩이던 때였다. 전역 신고 후 동기들과 시청역 광장으로 바로 달려갔던 기억이 난다. 광장을 가득 메운 사람들의 열기와 환호성이 꼭 나의 전역을 축하해주는 것만 같았다. 행복했다. 그리고 사람들도 모두 행복해 보였다. '분위기 장난 아니다. 앞으로 사회에서 얼마나 재밌는 일이 많이 생길까!'

하지만 아니었다. 전역 한 지 일주일도 채 지나지 않아 삶은 무료해졌고 불안감은 커져만 갔다. 군 생활 2년 2개월 내내 기대하며 계획했던 일들은 모두 현실의 벽에 부딪혀 아주 쉽게 무너져 내렸고, 어머니가 전역할 나를 위해 꼬박꼬박 모아주신 용돈은 두 달도 채 안 돼서 술값으로 바닥나 버렸다. 제대만 하면 삶의 방향이 뚜렷하게 정해지고, 모두 내 세상일 것만 같았는데 그렇지 않았다. 아니, 오히려 더 불안정해진 느낌이었다.

대체 나는 이제 어디로 가야 하는 걸까….

"그냥 보스로 가자."

같은 시기에 전역한 동네 친구 셋이 정장을 비스름하게 입고 놀이터에서 모였다. 나이트클럽에 가기 위해서였다. '보스'는 당시 고양시 화정지구에 있는 나이트클럽 이름이었다. (강남에도 보스가 있었다는 건 먼 훗날 알게 되었다) 전역 후 같은 고민으로 방황하던 우리들은 고민 해결을 위한 방안 중 하나로, 나이트클럽을 통해 조금이라도 더 가까이에서 현대 사회를 파악하고 적응해 보려 했다. 정말 그랬다. 돈은 1/n로 모으고 백신고등학교 앞 버스 정류장에서 921번 버스를 타고 화정역으로 향했다. 조금 두근거렸다. 아니, 겁이 났던 걸까. 실은 처음이었다. 군대 가기 전에도 못 가본 곳. 나이트클럽.

부킹은 어떻게 하는 걸까?

막상 모르는 여자와 만나면 무슨 말부터 하지?

술은 뭘 시켜야 하지? 안주는?

웨이터에게 반말해야 하나?

티브이에서 보면 다 그러던데….

에이, 이제 난 겨우 스물세 살인 걸.

스물세 살에 나이트클럽에 처음 온 티 내면 무시하려나?

여자들도 노련한 사람을 좋아하지 않을까?

걱정이 오만 가지였다. 그런데 이건 나만의 걱정이 아니었다. 우리 셋 다, 나이트클럽이, 처음이었다. 우린 서로 한마디도 하지 않은 채 심각한 표정으로 버스 창 밖만 바라보았다. 다시 2년 전으로 돌아가 훈련소 생활을 마치고 자대 배치를 받아 버스를 타고 이동하는 모습과 별다를 바가 없었다. 다만 군복이 촌스러운 세미 정장으로 바뀐 것뿐이었다. 우리는 사실, 두려웠다.

"안녕하세요, 어디 사세요? 몇 명이서 오셨어요?"

우려와는 달리 친구들은 금방 적응해냈다. 반복되는 질문과 시답잖은 농담들을 기계처럼 쏟아냈다. 우리 자리에 다녀가는 여자들은 많이 웃고 즐거워했다. (진짜 즐거우면 다녀가지 않고 그 자리에 계속 머문다는 사실을 아주 먼 훗날 알았지만)

"너무 재밌었어요. 그럼 재밌게들 노세요."
"아, 잠깐만요. 우리 같이 나가서 한잔 더 합시다. 네?"
"아, 저는 괜찮은데… 친구가 같이 와서…."
"제가 그 친구 데려올게요! 자리가 어딘데요?"

여자들이 자꾸 떠나버리자 친구들은 굉장히 적극적인
모드로 변했다.

"세윤아, 내가 가서 얘 친구 데려올게.
너도 말 좀 해, 새꺄."

나이트클럽이란 곳에 들어와서 한 마디도 못하고 있는
내가 한심하게 느껴진 모양이었다. 그래, 이번에 오면 적
극적으로 행동해봐야지. 자리에 혼자 남아 다짐하고 또
다짐하며 누구일지 모를 그녀를 기다렸다.

"안녕? 여기 앉아도 되니?"

작고 아담한 여자였다. 그녀는 회색 톤의 정장 재킷과
치마를 입고 검은색의 얇은 터틀넥을 입고 있었다. 그리
고 학생처럼 앞머리가 있는 짧은 단발머리를 하고 있었다.
귀여웠다. 그런데 웬 반말….

"같이 온 동생이 이 자리에서 놀겠다고 하고 갔는데

하도 안 와서 내가 왔어.

그런데 또 어디 갔냐."

"아, 아까 제 친구랑 그쪽 데리러 갔는데….

제 발로 오셨네요. 하하."

"그래, 시간도 이제 너무 늦었다.

네 친구들이랑 내 동생 오면

나가서 소주나 한잔 더 하자.

아, 내가 너보다 한참 누나라서 반말하는 거야.

기분 나빠하지 말고."

'내 나이는 물어보지도 않았으면서,

지가 한참 누나라고 그러냐….

많아봐야 한두 살 많겠지 뭐.'

우리는 아주 자연스럽게 나이트클럽에서 나와 근처 술
집에서 2차 자리를 가졌다. 비록 여자 두 명에 남자가 셋
이라 짝이 맞진 않았지만, 처음으로 나이트클럽을 가 본

세 명의 찌질이들의 성과 치고는 대단한 결과였다. 술자리는 아주 유쾌했다. 적당한 농담과 적당한 진심들이 오가고 아주 오래전부터 이렇게 모였던 사람들처럼 내내 웃음이 끊이지 않았다. 편안하고, 즐거웠다.

"우리 앞으로도 이렇게 자주 모여서 술 마시자~"

"그래, 그러자. 하하하!"

"호호호!"

"하하하! 아, 그런데….
누나는 진짜 몇 살인지 안 가르쳐 줄 거예요?"

"들으면 놀랄 걸~ 나이가 좀 많은 게 아니거든!"

"야야, 혹시 50살 뭐 이런 거 아니야? 큭큭큭!!"

"어머, 너무 심한 거 아니니?"

"하하하하!"

"호호호호!"

짓궂은 농담도 잘 받아주는 그녀가 참 예뻐 보였다. 자꾸만 그녀에게 마음이 갔다.

"자, 오늘은

내가 제일 어른인 거 같으니까

여기는 내가 쏠게."

"우와아~ 누나 최고!"

　친구들은 환호성을 지르며 순식간에 가게를 빠져나갔다. 사실 우리는 돈이 없었기 때문이었다. 이미 나이트클럽에서 우리가 모은 돈을 다 써버린 후였다. 나는 계산하는 그녀의 옆에 서서 고마움을 표현했다.

"잘… 먹었어요… 누… 누나."

　그녀는 날 보고 씽긋 웃어주었다. 참 아름다웠다. 날 보고 귀여워하는 듯한 표정이었는데 그 미소가 너무나 푸근하게 느껴졌다.

"얼마예요?"

그런데, 그녀는 가방이 아닌 허리춤을 뒤적거리기 시
작했다. 그러자 허리춤에서 꼬깃꼬깃 접혀 있던 지폐들이
줄지어 나오는 것이 아닌가! 잠시 당황하긴 했지만 허리
안쪽에 주머니가 있는 치마인가 보다, 생각하려는 찰나
그녀가 말했다.

"다음에 나랑 과메기나 먹으러 갈래?"

그렇게 우리의 마음이 시작되었다.

2. 데이트_

우선 우리는 일산 마두역 뉴코아백화점 앞에서 만나기
로 했다. 그다음 어디로 갈지는 누나가 정하겠다고 했다.
둘만 보는 건 처음이라 가슴이 두근거렸다. 나는 약속시
간보다 30분이나 먼저 도착했다.

"여보세요? 누나, 어디예요?"

"벌써 왔어? 나 잠깐 시장 좀 들렀다가 갈게.

조금만 기다려."

데이트 하는데 시장은 왜 들렀다가 오는 거지. 장본 걸 집에 놓고 온다는 건가. 뭐 어쨌든, 오늘 무엇을 하게 될까 기대하며 그녀를 기다렸다.

"세윤아~"

그녀는 밝게 웃으며 약속 시간에 딱 맞춰 나타났다. 단 둘이 만나서 그런지 더 예뻐 보이고 더 귀여워 보였다. 나는 그녀가 내 이름을 불러주는 게 좋았다. 예전에 누군가에게 '오빠'라고 불렸을 때, 그게 좋으면서도 호칭 자체에 부담을 느꼈는데, 그녀가 불러주는 '세윤아'는 아무 걱정 없이 그녀에게 기대도 될 것 같은 편안함이 느껴져 행복했다. 그녀가 날 '세윤아'라고 불러주면, 가지고 있던 쓸데

없는 걱정들이 눈 녹듯이 사라졌다. 가끔은 '세윤아'라고 부르면 '괜찮아'라고 들리기도 했다.

"많이 기다렸어?"

"아니요. 헤헤."

"어? 너 남대문 열렸다!"

"으아, 진짜요?"

"인사 잘하신다~"

이게 언제 적 유행어인가 대체…. 그녀는 인사(?) 해버린 나를 보고 우렁차게 웃으셨다.

"자, 이거."

그녀는 무언가 담겨 있는 검은 봉지를 나에게 내밀었다.

"이게 뭐예요?"

"맛있는 거야. 너 주고 싶어서 시장에서 사 왔어."

봉지 안에는 여러 종류의 전병이 들어 있었다.

"너도 센베 좋아하니?"

그렇게 우리는 센베(전병)를 먹으며 버스를 타고 이동
했다. 목적지는 임진각이었다. 누나는 거기에 가면 느끼는
게 많을 거라며 가보자고 했다. 근처에 맛있는 토종닭 백
숙집도 많다며 들뜬 목소리로 말했다.

"가면 조금 쌀쌀할 텐데, 내복 입었어?"
"아니요."
"어메~ 그러고 보니 꼬락서니가 이게 뭐니.
거지 깽깽이도 아니고.
바지가 다 터졌네, 그냥."

그녀는 내 찢어진 청바지를 보고 적잖이 놀란 듯했다.

"바지 밑은 질질 끌리고, 쯧쯧….

어이구, 잘하는 짓이다.

이거 다음에 누나가 다 수선해줄게."

"아니에요, 괜찮아요."

"누나가 해준대도."

"아니에요, 이거 멋이에요."

"멋은 니미, 멋쟁이도

감기에는 장사 없는 거야, 이놈아."

내가 지금 엄마랑 얘기하고 있는 건지, 누나와 얘기를

하고 있는 건지 헷갈렸다. 이런 느낌은 누나를 만나는 동안 계속되었다. 그 뒤 우린 주로 쇼핑몰이 아닌 재래시장에서 이불 따위의 생활용품을 구경했고 식사는 언제나 갈치속젓에 두릅을 데쳐 먹었으며, 내 생일에는 그녀 본인이 직접 만든 자개 목걸이를 걸어주기도 했다. 어쩌다 내가 다치면 그녀는 거침없이 상처에 된장을 발라주었고, 내가 몸이 아파 기운이 없으면 한 번도 들어본 적 없는 어려운 이름의 약재들을 직접 구해 한약을 달여 주었다. 그리고 때때로 나에게 서운한 마음이 들 때면 '지구를 떠나거라'와 같은 유행어로 심정을 표현했으며, 함께 홍대 클럽을 갔을 때는 스테이지 중앙에서 김정렬의 '숭구리당당

숭당당' 댄스를 추기도 했다. 그녀는 가끔 먼 산을 혼자 바라보며 슬픈 표정으로 '메기의 추억'이라는 노래를 흥얼거리기도 했는데, 메기의 추억은 당시 가장 즐겨듣는 노래라고 했다. (한번은 자전거에 큰 스피커를 달아 와서 크게 노래를 들려주곤 했다) 시간이 갈수록 그녀에 대한 마음은 점점 커져갔지만 그녀는 나이만큼은 끝내 말해주지 않았다.

3. 고백_

많은 이들이 이 사람과 결혼을 어떻게 결심하게 되었는지 물어보지만, 사실 결심이라기보다 느낌이었다. 어느 순간 그녀와 함께 있을 때의 이 편안함이 평생 지속되었으면 좋겠다는 생각이 들었을 뿐이다. 나는 그녀에게 프러포즈를 하기로 마음먹었다. 이 마음이 사라지기 전에 고백하고 싶었다. 과연 이 사람일까, 과연 내 마음은 진짜일까, 결혼생활은 행복할까 따위의 질문을 하는 것은 멋없는 사랑이라고 생각했기 때문이다. 나는 나 자신에게 아

무엇도 묻지 않은 채로 마음이 시키는 대로 나만의 프러
포즈를 준비했다. 일단 싸지만 나름 그럴싸한 한정식집을
예약했다. 화려한 분위기를 위해 무지개떡을 준비하고 그
녀가 제일 좋아하는 잡채를 직접 만들었다. 반지는 옥 반
지로 준비했다. 반지를 끼고 환하게 웃을 어머님 아니, 누
나를 생각하니 벌써부터 행복한 마음이 들었다. 그리고
프러포즈의 하이라이트는 바로, 그녀가 좋아하는 '메기의
추억'을 불러 주는 것이었다. 가사에서 '메기'는 모두 그
녀의 이름인 '경희'로 바꿔서 연습했다.

옛날에 금잔디 동산에 경희

같이 앉아서 놀던 곳

물레방아 소리 들린다 경희야

내 희미한 옛 생각

동산 수풀은 없어지고

장미화만 피어 만발하였다

물레방아 소리 그쳤다

경희 내 사랑하는 경희야

그녀는 가사에 이름을 넣어서 불러주면 굉장히 좋아했는데, 조금 뒤 그녀가 빵빵 터질 생각을 하니 행복함에 미소가 지어졌다. 반주는 친구 종윤이가 하모니카를 연습해서 도와준다고 했다. 종윤이는 그녀를 만났던 나이트클럽에 같이 갔었던 친구였다. 노래연습을 한참 열심히 하고 있는데 종윤이에게 전화가 걸려왔다.

"어, 종윤아. 연습 잘 돼가니?"

"어… 어… 그, 그게…."

"야! 뭐야아~ 너 연습 안 했지, 인마!"

"아니 그게 아니라…."

"그게 아니면 뭔데!"

"저기… 경희 누나 있잖아….

고향이 문경이라고 하지 않았어?"

"어, 맞아. 근데 갑자기 경희 고향은 왜?"

"아니, 우리… 우리 엄마도 고향이 문경이시거든.

그런데… 우연히 가족들끼리

엄마 고등학교 졸업앨범을 보게 됐는데….

거기에… 경희 누나… 랑

똑같이 생긴 사람이 있어서….”

“뭐? 으핫핫핫!!!! 아, 열라 웃기네.

큭큭… 아, 진짜 웃기다.

놀릴 거리 또 하나 생겼네, 큭큭. 많이 닮았어?

아, 웃겨. 하하하!”

“닮은 게 아니라….

아무리 봐도 누나가 맞아… 이름도 황경희야….”

“뭐?”

나는 단걸음에 종윤이네 집으로 달려가 종윤이 어머님
의 고등학교 졸업앨범을 펼쳐보았다.

문경여자고등학교 15회 졸업앨범.
3학년 4반 황경희.

1972년도 졸업앨범이었다.

앨범 속에 있는 여자는 내가 방금 전까지 청혼하려 했던 내 여자 친구가 분명했다. 비록 낡은 흑백 사진이었지만 그녀가 분명했다. 나는 도저히 이 사실을 믿을 수가 없었다. 나는 황급히 앨범 뒤쪽의 주소록을 펼쳤다. '황경희… 황경희… 황경희….'

황경희란 이름은 주소록에 없었다. 그저 사진만 있을 뿐이었다. 종윤이 어머니께서는 누군지 가물가물하다고만 하셨다. 벌써 30여 년 전이라 생각이 잘 안 나신다면서….

난 앨범을 들고 그녀의 집으로 달려갔다.

"누나!! 누나 문 열어 봐요!!"

거칠게 문을 두드리며 소리를 질렀다. 이윽고 그녀가

문을 열었다.

"아이고~ 동네 사람들 다 뛰쳐나오겠네. 뭔 일이래."

그녀는 김장을 하다 나왔는지 앞치마를 두르고 고무장
갑에 고춧가루를 잔뜩 묻힌 채 문을 열어주었다.

"이거 뭐예요, 누나."

나는 누나 얼굴에 졸업앨범을 들이밀며 말했다. 졸업앨
범을 보자 누나는 갑자기 얼어붙은 듯 멍하니 앨범을 바
라보았다.

"말해 봐요! 이거 뭐냐고요!!"
"난 몰라, 아무것도."

차갑게 뒤돌아서며 그녀가 말했다.

"모른다고? 여기, 이거 안 보여?

여기 네가 있잖아! 황경희라고 분명히 쓰여 있잖아!

대체 당신 누구야? 몇 살이냐고 대체!!!"

"내가 나이를 말하면

네 마음이 바뀌는 거니?"

온몸의 힘이 풀렸다. 들고 있던 졸업앨범이 툭 하고 떨어졌다. 나는 아무 말도, 아무 대답도 할 수가 없었다. 그대로 한참을 서 있었다. 그리고 눈물이 났다. 나 자신이 한심하고 부끄러워서. 그리고 그녀에게 섭섭해서, 참지 못하고 울고 말았다.

그랬다. 그녀가 몇 살이든 언제 어디서 태어났든, 내 사랑이 바뀌는 게 아니었다. 정말 아니었다. 그저 있는 그대로, 내가 느끼는 그대로 사랑하면 되는 거였다. 그래, 이렇게 예쁘고 섹시한 53년생 있으면 나와 보라 그래!

마음은 그러면서도 닭똥 같은 눈물이 바닥으로 뚝뚝 떨어졌다.

"미안해요… 미안해요… 누나…."

그녀가 나를 돌아보았다. 내가 사랑하는 푸근한 눈빛이었다. 그녀의 눈에도 눈물이 맺혀 있었다.

"미안해요… 그냥… 그냥 나는….

누나를 더 많이 알고 싶었어요.

내가 그 누구보다도 누나를 사랑하니까

누구보다 누나를 잘 알고 싶었던 것뿐이라고요."

"알아… 세윤아, 나도 너를 많이 사랑해…."

정말 감동적인 순간이었다. 눈물이 멈추지 않았다. 그녀는 고춧가루가 잔뜩 묻은 고무장갑으로 내 눈물을 닦아주었다. 그러자 눈물이 더욱더 강하게 뿜어져 나오기 시작했다.

"으악! 눈 매워!!"

"어머, 미안해! 괜찮아?"

"나랑 결혼해줄래요?"

나는 눈이 시뻘건 채로 눈물을 흘리며 그녀에게 청혼하고 말았다.

"당연하지."

그녀가 날 와락 끌어안으며 키스했다. 나도 그녀를 꼭 끌어안았다. 따뜻하고 부드러웠다. 우린 서로 숨이 가빠지기 시작했다. 그녀의 고무장갑이 벗겨지고 그녀의 앞치마도 벗겨졌다. 나 자신도 벗겨졌다. 눈이 맵고 눈물이 앞을 가려 아무것도 보이지 않았지만, 그녀가 느껴졌다. 부드러웠다. 한 번도 느껴본 적 없는 촉감이었다. 그녀에게 닿을 때마다 내 몸과 영혼이 미끄러지는 것만 같았다. 내 마음도 점점 크고 단단해졌다. 그녀의 모든 것들이 나의 모든 것들을 빨아들였다. 그녀는 부드러운 파도 같았다. 파도 속에 있는 나는 정신을 차릴 수가 없었다. 이대로 그냥 여기가 어딘지도 모른 채 파도에 떠내려갈 것만 같았다. 시간이 빠르게 거꾸로 흐르는 기분이었다.

"아아."

파도에 휩쓸려 정신을 잃을 것만 같은 찰나, 그녀가 날 꼭 끌어안으며 내 귀에 속삭였다.

"기분 정말 캡이다, 세윤아⋯."

결국, 준비한 프러포즈는 하나도 보여주지 못했지만 나는 진실된 청혼을 했고 우리는 그날 밤 소중하고 아름다운 추억을 만들었다. 그렇게 그녀는 내가 사랑하는 나의 누나 아니, 여보가 되었다.

라디오스타에서
왜 울었어요?

나는 사는 게 참 재미있었다. 어린 시절부터 미래의 내 모습을 상상하고 설계하는 게 행복했고, 그것에 설레며 하루하루를 살아왔다. 초등학교 때는 누워서 눈을 감고 미래 혹은 무언가를 상상하며 잠이 들곤 했는데, 그 '상상 하는' 시간이 너무 행복해서 하루 종일 자는 시간만을 기 다리기도 했다. 깨끗이 씻고 난 뒤 개운한 몸으로 포근한 이불 위에 누워 상상하는 즐거움이란! 너무도 행복했다. 군대에서도 마찬가지였다. 야간 보초근무는 계급에 상관 없이 누구나 싫어하고 귀찮아하는 일과였는데, 나는 오히려 그 시간이 기다려졌다. 아무런 방해 없이 마음껏 상상할 수 있었기 때문이다. 나는 가끔 메모장을 챙겨나가 선임들 몰래 내 상상과 미래의 계획들을 적기도 했다.

나는 무엇이 될까.

나는 누구와 결혼을 하게 될까.

내 아이는 어떻게 생겼을까.

주로 이런 상상들이었다. 이 상상들은 나를 움직이게 하는 원동력이었다. 항상 내일이 기다려졌고 알 수 없는 내 미래 덕분에 기분이 좋고 행복했으며, 보다 멋진 미래를 만들기 위해 나를 가꾸고 노력했다. 그렇게 미래를 향한 궁금증들은 나를 더 나은 사람으로 만들어주었다. 그런데, 어느 순간 나는 그렇게도 궁금했던 나의 미래에 와 있다는 걸 깨달았다. 나는 벌써 '무언가'가 되어 있었고 '누군가'와 결혼을 했으며 내 '아이'도 만날 수 있었다. 궁금해야 할 것들이 없어진 것이다. 불행해지기 시작했다. 설레지 않기 시작했다. 하루하루가 지겹고 내일이 오는 것도 싫었다. 그렇다고 새로운 궁금증을 찾는 일은 결코 쉬운 것이 아니었다. 위의 궁금증들은 30년 가까이 내 상상 저장고에서 열심히 숙성시켜온 잘 익은 비싼 궁금증들이었단 말이다! 이제 와서 '내일은 무슨 일이 생길까?', '내 손주는 어떻게 생겼을까?', '돈을 많이 벌면 어디에 쓸까?' 따위의 궁금증들로는 도무지 설렐 수가 없었다. 나는 급속도로 우울해져 갔다.

"나는 왜 살고 있는 거지?"

한 번도 나에게 이런 질문을 해본 적이 없었다. 난 그저 내 미래가 너무 궁금해서 신나게 달려왔던 것뿐이었다. 그런데 이제 와서 나에게 이런 질문이 던져지다니.

많은 이들은 나에게 '네가 배불러서 그래' 혹은 '정상에 오르니 갈 데가 없니?'라고 했지만 그게 아니었다. 더 이상 설렐 일이 없는, 궁금할 게 없는 삶은 앞으로 행복할 재료가 없는 삶인 것 같았다. 이것은 꿈을 이뤘을 때의 허

망함이 아니었다. 나는 원래 꿈이 없었다. 하지만 하고 싶은 것들은 많았다. 나는 무언가를 이루려고 노력한 적이 없고 그저 시간 속에서 주어지는 기회들에 충실히 임했을 뿐이다. 뚜렷한 목표도 없었고 뚜렷한 방향도 없었다. 하지만 나는 멋진 '무언가'가 될 것이라는 믿음이 있었다. '꿈이 있어야 흔들리지 않는다'는 식의 명언들도 나에게는 통하지 않았다. 나는 꿈 없이도 흔들리지 않았고 행복하게 살았다. 하지만 '이미 미래에 도착해 버렸구나'라고 느낀 순간부터 흔들리기 시작했다.

힘이 들었다. 몹시 우울했고 기력도, 의지도 없었다. 나 자신을 해하고 싶을 정도의 극단적인 생각도 들었다. 내 삶은 나를 중심으로 돌아간다고 믿었다. 나는 나를 위해 일한다고 믿었다. 하지만 그 믿음조차 무너져 내렸다. '너 때문에 내가 일하는 거잖아'라는 생각이 머릿속을 지배했다. 쉬어야 했다. 머리를 비워야 했다.

회사에 SOS를 보냈다. 좀 쉬게 해달라고. 더도 말고 덜도 말고 딱 한 달만 쉬게 해달라고 부탁했다. 이해는 하지만 그렇게는 못할 것 같다고 했다. 방송 프로그램을 5개 이상 출연하고 있는 상황에서 회사도 정리할 엄두가 나지 않았을 것이다. 하지만 내가 죽을 것만 같았다. 너무 힘이 들었다. 안되겠다 싶어 내가 직접 방송국을 찾아갔다. 친한 피디와 작가들에게 내 사정을 이야기했다. 역시나 이해는 하지만 시간을 좀 달라고 했다. 그들은 어쩌면 날 이해하는 게 아니라 '연예인 병'을 앓고 있는 철없는 출연자쯤으로 생각했을지도 모른다. 방송국도 회사도 친구들도 가족들도 모두 나를 철없는 아이로만 보는 듯했다. 결국, 나는 대중들에게 SOS를 보내면 어떨까 생각했다. 대중들은 순수하다. 가끔은 잔인하고 가끔은 대단히 공격적이지만 그들은 분명히 마음이 따뜻하고 정이 많다. 그렇기에 진실된 호소라면 대중은 내 편이 되어 응원해주지 않을까라고 생각했다. 언제 어디서 어떤 방식으로 그들에게 신호를 보내야 할지 고민하며 지내던 어느 날, 드디어 기회가 찾아왔다. 내가 진행하고 있는 라디오스타에 게스트로 출연하기로 한 것이다. 나는 이날 녹화에서 대중들에게 눈물을 보여주기로 마음을 먹었다. 그것이 내가 대중들에게 보내는 절박한 시그널이었다.

녹화 날이 되기 며칠 전부터 나는 '눈물 준비'에 들어갔다. 몰입을 잘하기 위해 슬픈 소설을 읽고 슬픈 영화도 보았다. 거울을 보고 계속 우는 연습을 했다. 생각보다 어렵지 않았다. 거울 속의 나에게 푸념을 하니 눈물이 저절로 났다. 하지만 나만 잘한다고 되는 게 아니었다. 친구들에게 내가 울 수 있는 분위기를 조성해 달라고 했다. 상무에게는 전에 내가 같이 죽자고 했던, 그 말을 해달라고 부탁했다. 거짓말이 아니었다. 정신이 많이 피폐해져 있었으니 그런 마음이 든 것도 사실이었다. 그렇게 준비는 다 되어가는 듯했다. 하지만 혹시나 마지막 순간에 몰입이 깨지거나 타이밍을 놓치면 준비한 계획들이 그대로 무산될 수도 있으니 이 계획을 성공하려면 어쩔 수 없이 물리적인 준비가 필요했다.

눈물을 위한 물리적인 준비라.

배우들이 쓰는 티어스틱을 바를까?

아니야, 그건 바로 직전에 발라야 하는데 바를 시간이 없어. 눈을 일부러 세게 긁을까? 아니야, 그러다가 눈물이 안 나고 피가 나면 어떡해. 손가락에 미리 안티푸라민을 발라두었다가 녹화 중에 몰래 눈에 바를까? 아니야 너무 따가워서 난 소리를 지르고 말 거야.

이렇다 할 좋은 방안이 떠오르지 않는 와중에 나는 내 의사 친구가 생각났다. 이승찬. 내 친구 중에 유일한 의사 친구. 승찬이는 대전 둔산동에서 비뇨기과 개인병원을 운영하고 있었다. 승찬이에게 전화를 걸었다.

"승찬아, 나야 세윤이."

"어, 야! 그냥 있는 대로 살아~"

"무슨 소리냐, 그게?"

"어? 그거 아니냐? 아, 미안하다. 난 또. 헤헤.

아, 그래 유세윤이가 갑자기 웬일이냐."

"부탁할 게 있는데."

"그냥 있는 대로 살라니까 그러네."

"아이씨, 그거 아니야 인마!"

"그럼 뭔데?"

"나… 눈물 나오는 약 좀 구해주라."

당연히 없을 거라고 생각했다.

"…."

"급한 거냐?"

놀랍게도 눈물이 나오는 약은 존재했다.

그 약의 이름은 sochani-TR.

아직 공식적으로 허가가 나지 않아 시판되고 있지는 않았지만 의료업계에 종사하는 사람들 사이에서는 암암리에 거래되고 있다고 했다. sochani-TR은 원래 우울증 치료 목적으로 만들어진 약이라고 했다. 실제로 웃음치료보다 눈물치료가 더 정신건강에 도움이 된다는 연구 결과를 토대로 만들어진 약이었는데 더 이상 울고 싶지 않아 병원을 찾은 우울증 환자들은 대부분 이 약을 거부했다고 한다. 결국 sochani-TR은 우울증 환자가 아닌 다른 사람들에게 쓰였는데 그건 바로 범죄자들이었다. 재판에서 승소하거나 혹은 형량을 줄일 목적으로 판사와 배심원에게 눈물의 호소를 하기 위해 이 약을 먹는다는 것이다. sochani-TR은 변호사와 의사 간의 은밀한 커넥션으로 고가에 거래되고 있었다. 그 약을 내 친구 승찬이가 가지고 있었던 것이다. 승찬이는 자기가 언젠가 아내에게 용서를 빌게 되면 그때 먹으려고 구비해둔 비상약이라고 했다. 하지만 캡슐로 만들어진 sochani-TR의 사용법은 꽤나 까다로웠다. 입안에 넣고 있다가 눈물을 흘리고 싶은 순간에 제대로 터뜨려야 했다.

"볼과 이 사이에 끼워놨다가 울고 싶을 때 깨물어. 효과는 바로 올 거야."

이제 모든 준비는 끝났다. 나는 녹화 전날 라디오스타

75

세트장에 몰래 잠입해 내가 올려다보면 보이는 곳에 엄마 사진을 몰래 붙여 놓았다. 혹시라도 눈물이 나지 않을 것 같으면 올려다 볼 심산이었다. 나는 엄마 얼굴만 보면 눈물이 난다.

녹화 당일.

나는 그 어느 때보다 더 긴장한 상태로 녹화에 들어갔다. 하지만 큰일이었다. 생각보다 녹화 분위기가 유쾌했다. 준호 형도 대희 형도 치는 멘트 족족 빵빵 터졌다. 이대로 가면 울지도 못하고 녹화가 끝나버릴 것만 같았다. 하지만 다행히도 상무가 분위기를 전환하기 시작했다.

"세윤이가….

우리 같이 죽을까 이런 말을 하기도 했어요…."

바로 이때다!
나는 준비해 온 멘트들을 조심스럽게 내뱉었다.

"앞으로의 저의 미래가 궁금하지 않아서…."

준비한 멘트였지만 진심이었다. 그런데, 제길. 눈물이 나지 않았다. 마음만 아플 뿐 눈시울엔 어떤 미동도 없었다. 나는 바로 고개를 들어 위쪽에 몰래 붙여 놓은 엄마 사진을 바라보았다. 다른 사람들은 그 위에 무엇이 있는지 전혀 알지 못한 채 그저 나만을 안쓰럽게 바라보았다. 엄마 사진을 보니 금방 눈에 눈물이 맺혔다. MC형들도 처음 보는 내 모습에 당황하는 듯했다. 국진이 형이 서둘러 나를 다독였다.

"저도 바빴을 때가 행복했던 건 아니었어요.

유세윤 씨가 얼마나 힘들었을지

저도 조금은 알 수 있을 것 같습니다."

국진이 형의 위로를 들으니 마음이 더 움직였다. 금방 눈물이 왈칵 쏟아질 것만 같았다. 나는 이때다 싶어 미리 입안에 숨겨 놓은 sochani-TR 캡슐을 찾으려 혀를 움직였다.

'이제 이 캡슐만 터뜨리면 마무리다!'

하지만 워낙 작은 캡슐이라 어디에 있는지 혀로 아무리 내 입속을 휘저어봐도 느껴지지 않았다. 그러다가 덜컥 sochani-TR이 내 혀 중앙으로 튕겨 올라왔다. 나는 급하게 혀를 아니 내 혀에 올려진 sochani-TR을 깨물었다. 하지만 좀처럼 터지지 않았다. MC들과 동료들이 나만 바라보았다. 나는 더욱 마음이 조급해졌다.

'제발 터져라, 좀!'

내 혀를 연달아 계속해서 마구 깨물었다. 이러다가 캡슐이 아니라 내 혀가 터질 것만 같았다.

톡.

sochani-TR의 효과는 정말 놀라웠다. 캡슐이 터지자마자 거짓말처럼 눈물이 흘러내렸다. 내 눈물을 본 출연자들과 현장에 있던 제작진 모두 숙연해졌다. 나는 이렇게 대중들에게 시그널을 보내는데 성공했다. 비겁한 방법이었지만 방송이 나가고 난 뒤 나는 많은 응원을 받고 힘을 얻을 수 있었다. 대중들의 응원은 진통제처럼 잠시나마 고통을 잊게 해주었다. 하지만 진짜 내가 다시 즐거워질 수 있었던 건, 이 책 사이사이에서 얘기하겠다.

자수하러 왔습니다

무척이나 추운 날씨였다. 입에서 김이 나오기 시작하니 어묵에 소주 한잔이 간절했다. 난 입에서 김이 나오는 날씨가 되면 꼭 어묵 국물이 생각난다. 아마도 어묵이 담긴 통 안에 차오르는 김이, 추울 때 입에서 나오는 김과 닮아서 그런 게 아니었을까. 잘 모르겠다. 그냥 김이 좋다.

입에서 나오는 김
어묵에서 나오는 김
순댓국에서 나오는 김

커피에서 나오는 김

목욕탕 굴뚝에서 나오는 김

겨울에 농구하고 쉴 때 몸에서 스멀스멀 올라오는 김

내 김과 네 김이 만나면?

키스. 헤헤

아, 뭐래 하여간.

김이 나오면, 그것들이 살아 있음을 증명해주는 것 같다.

날도 추운데 뭐 하세요 형? ·

· ㅇㅋ 마셔야지 어디로 가면 됨?

동훈이 형은 이래서 좋다니까. 그는 모든 대화의 단계
를 줄여준다. 동훈이 형과 일산 웨스턴돔 쪽의 가끔 가
넌 어묵 바에서 보기로 했다. 집에서 어묵 바까지는 걸어
서 가면 되는 거리인데(나는 당시 현대 아이스페이스에 살았
다) 날이 갑자기 추워지니 걷기가 귀찮았다. 그렇다고 택
시를 타자니 젊은 나이에 그 짧은 거리를 가겠다고 콜택

시를 부르는 것도 괜스레 기사님께 죄송스러웠다. (오히려 기사님께 좋은 일인 건가? 항상 헷갈림) 그래서 나는 차에 시동을 걸어 버렸다. 술을 마시게 되면(당연히 마실 텐데) 차를 공영주차장에 두고 다음 날 아침에 찾아오면 그만이었다. 별다른 고민 없이 차를 몰고 웨스턴 돔에 도착했다. 신호도 한번 걸리지 않아 시동을 걸고 주차하기까지 약 3분 정도 걸린 것 같다. 아니, 넉넉하게 5분으로 하자. 5분 정도 걸린 것 같다.

"왔슈~~?"
"형 언제 왔어요?"
"톡 올리자마자 그냥 여기로 출발했어."

동훈이 형은 웨스턴 돔 근처에서 카센터를 운영 중이다. 아무리 그래도 그렇지 내가 5분 걸렸는데 형은 벌써 와서 자리 잡고 앉아 있었다. 그도 이제는 직원을 둘이나 데리고 있는 어엿한 카센터의 사장님이라 출퇴근과 이동이 자유로웠다. 우리는 만나자마자 뜨거운 어묵 국물과 소주를 번갈아 마셔가며 시시한 농담과 이뤄지지 않을 앞으로의 계획들로 추운 겨울날의 술자리를 만들어갔다.

"형, 나 광고 회사나 만들까?

제작비 총 100만 원만 받고 찍어주는 거야. 낄낄."

"오, 대박이다. 나도 거기서 알바 시켜줘."

"알았어. 그럼 형 자택 근무해.

한 달에 30만 원 줄게."

"오, 콜이지이~ 30만 원이면 딱 한 달 술값이야.

굿이야, 굿. 나 할래할래!"

"으하하하하!"

"이히히히히!!"

- *끄윽끄윽끄윽*

너무 웃기면 웃음소리가 이렇게 나온다.

- *끄윽끄윽끄윽*

소주 병이 대여섯 병 정도 쌓이고 맥주 한 잔씩을 더했다. 우리 둘은 그렇게 격격대며 술자리를 깔끔하게 끝내고 마무리로 라면을 먹으러 갔다. 늘 마무리는 각 라면 한 그릇에 만두 한 접시. 술이 알딸딸해서 먹는 라면과 만두는 기분 좋~게 술자리가 잘 마무리되었음을 의미한다.

"어? 어어?"

라면집에서 나오자마자 길가에 있던 어떤 아주머니가 나를 알아보신 듯했다. 손에는 은박지 뭉치가 들려 있었고 모자가 달린 옷을 입고 계셨는데 그 색이나 디자인이 마치 개량한복 같았다. 모자 달린 개량한복이라니. 참으로 창의적이라고 생각했다.

"아, 네."

형식적으로 고개 인사를 한 뒤 빨리 이동하려는데, 아주머니가 내 손을 잡고 끌어당겼다.

"맞죠?!"

'맞죠….'

이 '맞죠'라는 말, 아니 질문은 당시에 내가 병적으로
싫어하는 말이었다. '맞죠?'라는 질문은 자신이 해결하지
못할 문제를 나에게 떠넘기는 느낌이었다. 그럼 나는 내
가 풀고 싶지도 않은 문제에 대답하기도 싫은 정답을 말
해야 하는 거였다.

"맞죠?"라고 물으면

나는 "네, 맞습니다."라고 대답해야 하는 것인가?

만약 그들이 나를 유세윤으로 알아본 것이 아니라면?

다른 연예인으로 알아본 것 일 수도 있잖아.

아니면 전혀 연예인이 아닌 누군가로 알아볼 가능성은?

내 대답이 누군가에게 그 공간에 있지도 않은 사실을
만들어내는 원인이 된다면?

무엇이 맞는지도 모르는 채로 그저 텔레파시로 이 사람의 머릿속을 꿰뚫어 보고 내 나름대로 판단하여 '아 내가 유세윤인 걸 알아본 모양이구나'라고 인지한 뒤,

"네, 맞습니다."

혹은,

"네, 바로 접니다."

아니면 어깨를 턱까지 올려서 으쓱대며

"후후후, 알아보셨군요. 네, 그렇습니다.

제가 바로! 유세윤이랍니다!"

라고 해야 하는 것인가.

아주 조금만 구체적으로 물어봐줄 수는 없는 걸까.

'내가 티브이에서 본 것 같은데, 이름을 잘 모르겠네요. 죄송합니다. 티브이에 나오시는 분 맞죠?' 이게 어려우면,

'유세윤 씨 맞죠?'

'개그맨 맞죠?'

이 '무엇이'라는 힌트만 던져줘도 내가 이렇게 짐을 떠안는 기분은 아닐 텐데. 나는 어느 때부터인가 '맞죠?'라는 질문만 들으면 그날의 기분을 모두 망쳐버린 느낌이었다. 동훈이 형도 옆에서 날 계속 봐왔던 터라 내가 이 질문에 예민한 걸 알고 있었다.

"야야, 세윤아, 그냥 가자."
"아니 잠깐만. 저기요, 아줌마, 뭐가 맞는데요? 네?"
"에이~ 맞네 맞아!! 오호호호. 그렇죠? 맞죠?"
"그러니까 뭐가 맞냐고!!"

아주머니에게 소리를 질러 버렸다. 그것도 반말로 말이다. 나야말로 무례하고도 철없는 행동을 해버린 것이다. 아주머니는 놀랐는지 내 손을 그대로 꽉 잡은 채로 멍하니 날 보고 있었다. 동훈이 형이 내 팔을 잡고 세게 당겼다. 팔이 아팠다.

"인마, 어른한테 무슨 말버릇이야! 어서 사과드려!"

이번엔 아줌마가 다시 나를 세게 끌어당기더니 자신의
얼굴을 내 코앞에 갖다 댔다. 내 코앞에서 내 눈을 요리조
리 보며 말했다.

"잉, 맞네! 맞아~ 그렇죠? 맞죠?"

이건 정말… 내가 싫어하는 행동의 정점이었다.
이 눈빛….
꽉 쥐고 도망가지 못하게 하려는 이 손아귀 힘….

"아이씨, 이 아줌마가 진짜! 아이씨x!!!!!!!!!!"

길거리에 있던 사람들이 일제히 나를 쳐다보았다.

"야, 목소리 낮춰."

동훈이 형은 내 팔을 세게 잡아당겨 일단 그 자리를 피
하게 했다.

　　　　　"미안해, 형. 취해서 더 흥분했나 봐."
　　　　　"그래, 인마. 너도 불편한 거 아는데
　　　　　　　너 그러다 큰일 난다.
　　　　　아까 사람들이 쳐다보는 거 봤지?
　　　　너 길거리에서 그렇게 어른한테 욕하는 거
　　　　누가 찍어 올리면 넌 끝나는 거야, 인마."
　　　　　"아, 알았어. 알겠다고. 나 집에 갈게."
　　　　　"그래, 조심해서 가. 걸어갈 거지?"
　　　　　　　　　"응?"

아, 맞다.
난 차를 가지고 왔었다.
형은 내가 차를 가져온 걸 모르는 듯했다.

　　　　　"응, 걸어갈 거야. 형도 조심해서 가."

"나는 뭐, 가게가 바로 요 앞인데 뭐. 잘 가."

나도 요 앞인데….

나쁜 마음이 악마의 물에 취해 스멀스멀 용기를 내는
듯했다. 날도 춥고 술도 다 깨버렸고 충분히 안전운전을
할 수 있을 것만 같았다.

아니 솔직히 3분 거리야.

아니 신호 안 걸리면 2분도 채 안 걸릴 걸.

새벽 5시면 단속도 없을 시간이잖아.

그리고 내 집 옆이 바로 일산 경찰서인데….

걸린다 해도 이웃끼리 너무 야박하게 굴진 않을 거 같은데?

헤헷.

부르릉!

멍청한 악마는 차에 시동을 걸어 버렸다. 그러고는 거
침없이 액셀러레이터를 밟았다.

"아, 손 아파."

그 아줌마가 내 손을 어찌나 꽉 잡았는지 손이 저렸다.
그리고 후회가 밀려왔다.

그냥 "맞죠?"라고 물으면 "아, 네. 안녕하세요."라고 하
면 될 것을…. 나는 왜 그리 화가 났을까. 본인도 쑥스러워
그렇게 물어보셨을 텐데 그 짧은 문장 하나에 난 왜 이리
도 집착하는 걸까. 나 스스로 내 분노 스위치를 설정해놓
은 격이다. 멍청한 유세윤. 마음이 작고도 작은 멍청한 놈.
바보 같으니. 기분 좋게 술 마셔놓고 이게 뭐람.

나는 연거푸 푸념하면서 아무 일 없이 집에 도착하는
듯했다. 이제 일산 소방서 사거리에서 우회전만 하면 우
리 집이다. 그런데! 갑자기 핸들이 오른쪽으로 움직여지
지 않았다. 반대쪽도 마찬가지였다. 아니, 핸들이 움직여
지지 않는 것이 아니라 핸들을 잡고 있는 내 손이 말을 듣
지 않았다. 비상등도 누를 수가 없었다. 손이 핸들에서 떨

어지지 않았고 내 발 역시 액셀러레이터에서 떨어지지 않았다. 온몸이 마비된 느낌이었다.

"아이씨, 이거 왜 이래!"

순간 차 안 룸미러에 무언가가 스쳐 지나갔다. 아까 그 아줌마였다. 그 아줌마가 내 차 뒷좌석에 타고 있었다. 그녀는 거울을 통해 나를 바라보며 웃고 있었다. 그러고는 나를 향해 무언가 말하는 듯했다. 차 안이었음에도 불구하고 그녀의 입에서 입김이 뿜어져 나왔다. 아니 그건 입김이 아니라 흡사 연기 같았다. 차 안은 금세 그녀의 입김으로 가득 차올랐다. 앞이 보이지 않았다. 손도 발도 몸도 움직여지지 않았다. 이대로 난 죽는 거라고 생각했다.

끼익.

차가 멈춰 섰다. 다행이었다. 생각할 필요도 없이 서둘러 차에서 뛰어내렸다. 정신을 차리고 주위를 둘러보니 차가 멈춘 곳은 일산 경찰서였다.

"어떻게 오셨어요?"

의경으로 보이는 젊은 경찰이 활동복을 입은 채로 나에
게 다가와 물었다.

"아, 저… 그게…."

순간, 내가 술을 마셨다는 사실이 떠올랐다. 혹시라도
술 냄새가 나거나 얼굴에서 티가 날까 봐 고개를 숙이려
는데 그가 나를 알아보고 말을 건넸다.

"어…? 맞죠?"

맞죠… 라고…?

"예, 맞습니다. 제가 바로 유세윤입니다!"

내 의지와는 상관없이 내 입이 제멋대로 움직이기 시작
했다.

"제가 음주 운전을 했습니다."
"네?"

내가 말한 게 아니었다. 나는 아무 말도 하지 않았다. 정
말 아무 말도 하지 않았다. 깜짝 놀라 뒤를 돌아보니 내
차 안에서 아줌마가 웃고 있었다. 여전히 아줌마의 입에
서는 연기가 새어 나왔다.

"일단 안으로 들어가시죠."

"..."

그리고는 아침이었다. 어제와는 달리 더운 기운에 눈이
떠졌다.

아, 어제 입은 옷을 그대로 입고 잤구나. 술을 얼마나 마

셨으면 그런 생생한 꿈을 꾸었을까. 아 맞다. 차는? 내가
몰고 왔나? 대리를 했나? 주차장에 두고 왔나?

일단 주차장으로 가서 차부터 확인했다. 기억은 안
나지만 내 차는 주차장에 아주 반듯하게 잘 주차되어
있었다.

"휴… 꿈이었구나."

그런데 차 뒷자리에서 무언가가 반짝이고 있었다.

그것은 은박지 뭉치였다. 펼쳐보니 찐 고구마가 들어
있었다.

"아니 이게 왜…."

순간 머릿속에 그 아줌마가 들고 있던 은박지가 스쳐
지나갔다. 그리고 어젯밤에 있었던 모든 일들이 꿈이 아
님을 직감했다. 전화벨이 울렸다.

"여보세요?"

"야! 너 미쳤냐?"

"응?"

"당장 인터넷 켜 봐, 미친놈아!"

실시간 검색어에는 온통 내 이름이었다.

'유세윤 자수'

떨리는 손으로 기사에 있는 댓글을 클릭했다.

· 음주운전 자수라니 세계 최초 일 듯 ㅋㅋㅋㅋ

· 그의 양심고백에 박수를 보내야 하나 ㅎㅎ

· 어찌 됐던 살인 미수입니다. 자숙하세요

· ㅋㅋㅋㅋㅋ 그냥 미친놈 ㅋㅋㅋㅋ

· 유세윤이니까 가능한 일

생전 처음 보는 사건에 비난을 쏟아내면서도 신나하는

네티즌들의 갖가지 댓글들이 폭주하고 있었다. 그런데 그 댓글들 사이에 눈에 띄는 글이 하나 보였다.

• 맞죠…? (ID_goguma0912)

이 사건이 일어난 지 정확히 4년째 되던 해 겨울, 나는 엄마가 모자 달린 개량한복을 입는 것을 보았다. 어디서

난 거냐 물었더니 엄마는 본인께서 직접 만든 옷이라고
했다. 옷은 작년에 만든 것이라 했다.

나는 엄마에게 갑자기 찐 고구마가 먹고 싶다고 했다.

신혼에서 이혼까지

남부럽지 않은 결혼식이었다. 고급 웨딩홀에 사회는 마크 저커버그, 축가는 샘 스미스와 알리시아 키스 그리고 KBS 공채 19기 동기들이 함께 불러주었다. 강호동, 이경규, 소녀시대, 슈퍼주니어, 임창정… 개그콘서트의 선후배들까지. 정말 많은 연예인들이 하객으로 와주어 연예인들만 두 차례로 나누어 사진촬영을 해야 할 정도였다. 각 언론들은 나의 결혼식을 취재하느라 바빴고 식장에도 기자들이 끊이지 않았다. 웨딩드레스를 입은 아내는 너무나 아름다웠다. 나는 행복에 겨워 눈물을 흘렸다. 남편이 우는 결혼식은 처음이라며 사람들이 웃었다. 나는 영화 속의 주인공이 된 것만 같았다. 그렇게 행복한 결혼식을 치른 나는 행복한 나날이 계속되리라는 것에 전혀 의심이 없었다.

하지만.

행복이 그리 멀리에 있지 않은 것처럼,
불행도 그리 멀지 않은 곳에 있었다.
작지만 강한 불행 세포들이 우리 결혼생활 곳곳에 전이되기 시작했다.

"악! 이게 뭐야?"

아내가 청소를 하다가 무언가를 본 모양이었다. 그것은 나의 코딱지였다. 나는 코딱지를 자주 파는 버릇이 있었다. 아니 버릇이라기보다는 나에게는 삶의 의무였다. 내 코는 이상하게도 코딱지가 많이 생겼다. 특히 새벽이나 아침이 되면 숨이 안 쉬어질 정도로 그것들이 코 안에 가득 차서 후비지 않고는 아니, 파내지 않고는 일상생활이 불가능했다. 코털이 많아서 그런 걸까. 나는 내 코가 다른 사람들의 코보다 일을 월등히 잘하고 있는 것이라 믿었다. 요즘처럼 미세 먼지가 가득한 날은 더더욱 고마운 일을 해내고 있는 것이다. 하지만 문제는 그것들의 최종 목적지였다. 나는 주로 새벽에 코를 후비적후비적 하는데(아내가 잠들기 만을 기다린다) 그것들을 한두 점씩 채굴하고 나면 나는 그것들을 침대 주변(혹은 매트리스와 벽 사이)에 그냥 튕겨 버렸다. (고체와 액체 중간의 것들은 침대 밑바닥에 붙인 적도 있다) 아주 어린 시절부터 잘못 이어져 온 나쁜 버릇이었다. 자다가 쓰레기통까지 가기가 귀찮아 생긴 버릇이었는데 나중에는 아예 몽유병처럼 자다가 후비고 튕기고를 반복했다. 솔직히 '이 조그마한 걸 내 집 바닥에 버리는 게 뭐 어때'라는 생각도 있었다. 하지만 나이가 들어갈수록 키가 커질수록 대기가 오염될수록 내 코딱지도 커져가고 있다는 사실을, 미처 난 인지하지 못하고 있었다.

"미안~ 미안. 아, 이게 왜 여기 있지?
다음엔 꼭 쓰레기통에 버릴게."

하지만 30년 가까이 몸에 밴 습관을 고치기는 쉽지 않았다.

"아, 냄새! 여보, 지금 방귀 뀌었어?"

그다음은 아래쪽이었다. 난 보통 사람보다 소리도 냄새도 강한 가스를 내뿜었다. 아마도 음식 때문이 아닐까 생각되었는데 문제는 냄새와 소리가 아니라 '매너'였다. 나는 그녀가 동의한 적이 없는 가스를 내 마음대로 마음껏 아무 때나 내뿜고 있었다.

"미안, 미안. 조심할게.
아, 이놈이 자꾸 머리를 안 거치고
바로 엉덩이로 가네. 하하."

하지만 이 문제 역시 쉽게 고쳐질 문제가 아니었다. 그러던 어느 날이었다. 전 날 술을 좀 많이 마셔 세상모르게 자고 있었는데 어디선가 흐느끼는 소리가 들렸다.

"흐흐흑… 흐흐흐흑…."

아내가 침대 아래에서 쭈그려 앉아 울고 있었다. 왠지 기분이 오싹했다. 아내의 옆에는 작은 빗자루와 테니스공이 놓여 있었다.

"여보…? 우는 거야?"

그녀의 어깨를 토닥이며 말했다.

"우리… 그만하자 이제…."
"뭐…?"
"이혼하자고… 나 더 이상 못 견디겠어…."
"그게 갑자기 무슨 소리야?"

"갑자기라고? 이걸 보고도 그런 말이 나오니…?"

"뭘…."

나는 순간 내 눈을 의심했다. 그것은 태어나서 한 번도 본 적 없는, 아니 그 누구도 본 적이 없을 너무나 괴상한 물체였다. 아내 옆에 놓여있던 것은 테니스공이 아니었다. 그것은, 녹색을 띠고 있는 액체와 고체… 그 중간쯤의 코딱지 공이었다.

"으아아악!!!"

나는 너무 놀라서 뒤로 넘어지고 말았다.

"이제야 너도 더러운가 보구나. 그렇지?

나는 너처럼 그렇게 매일 놀라고 매일 구역질을 해.

그런데도 매일매일 바닥에 뿌려진 네 코딱지를 치우지….

이게, 이게 내 결혼 생활일 줄 몰랐어!

난 정말 몰랐다고! 이러려고 나랑 결혼하자고 한 거니?

나 이제 정말 못 견디겠어. 정말이야."

난 그녀에게 무릎을 꿇고 말했다.

"여보, 정말 미안해….

정말이야, 다시는 안 그럴게.

정말 다시는….

제발 이혼하자는 말만 하지 말아줘. 응?"

"아니, 내가 힘들어서 그래.

여보가 나를 진짜 사랑하면, 이제 나 좀 놓아줘.

나 너무 힘들어."

"제발!!! 내가 잘못했다고!!!!!"

- 푸부부부붑!

시간이 멈춘 듯했다.

변명의 여지가 없었다.

그랬다.

그것은, 누가 봐도 아니 누가 들어도 그것은, 완벽한 방귀였다.

'죄'라는 것은 마음에 있을까 행동에 있을까 결과에 있을까. 나는 그러려고 그런 것이 아니었고 내 항문도 그러려고 그런 것이 아니었다. 다만 너무 힘을 주고 소리를 치다 보니 그곳으로 힘이 집중된 것뿐이었다. 난 정말 그러려고 그런 것이 아니었다. 정말이다. 독자 중에도 분명 나처럼 억울한 이가 있을 것이다.

"너 진짜… 해도 해도 너무 하는구나, 진짜….."

그녀가 울먹이며 나를 바라보았다. 그녀의 눈은 나를 증오하고 있는 게 확실했다.

"여보, 아냐! 이거 내가 일부러 그런 게 아니라….."
"악! 냄새!!"

그녀는 코를 쥐어 잡고 울며 집 밖으로 뛰쳐나갔다.

"여보! 여보! 가지 마! 여보!!! 여…"

– 푸부부부붑

그렇게 우리는 이혼을 하게 되었다.

이혼 그 뒤

아내와 이혼한 뒤 내 생활은 급속히 피폐해져갔다. 집 안에는 온통 코딱지와 술병들이 나뒹굴었고 난 방귀 냄새와 담배 냄새에 찌들어갔다. 혹시나 나이트클럽을 가면 다시 그녀를 볼 수 있을까 싶어 매일 나이트클럽에 갔다. 그녀를 찾기 위해 하루에 100명 넘게 부킹을 한 적도 있었지만 그녀는 없었다. 괴로웠다. 방송에서도 모두 퇴출되었다. 술 먹고 지각하기가 일쑤였고 술이 덜 깬 상태로 녹화를 한 게 한두 번이 아니었기 때문에 방송국은 나를 더 이상 받아주지 않았다. 사람들은 나에게 손가락질을 하며

모든 게 다 네 탓이라며 비난했고, 나는 매일 밤마다 거대
한 코딱지 바위에 눌리는 악몽을 꾸었다. 식은땀을 흘리
며 잠에서 깨보면 어김없이 내 손가락은 내 콧속에 들어
가 있었다. 가지고 있던 돈도 점점 바닥이 났다. 일이 없
고 매일 술만 마시니, 돈은 없어지고 술병은 쌓여만 갔다.
사람들 속에서 비난받으며 살기도 괴로웠고, 그녀가 다시
돌아올지 모른다는 작은 희망을 버리지 못하는 것도 괴로
웠다.

나는 결국 도시를 떠나기로 마음먹었다. 모아뒀던 술병
을 팔아 허겁지겁 1억을 만들었다. 모은 돈을 쥐고 무작
정 산속으로 떠났다. 공기 맑고 조용한 곳에 작은 집을 지
었다. 세수는 계곡에서 하고, 밥 대신 열매를 따 먹고 풀
을 뜯어 먹었다. 점차 시간이 지나고 나니 계곡에서 낚시
를 해 매운탕을 끓여 먹는 일도 능숙해졌다. 닭장에서 닭
을 길러 삶은 계란과 프라이도 해 먹을 수 있었다. 여름에
는 덥고 겨울에는 추웠지만 슬픔은 잊을 수 있었다. 나는
시계도 거울도 없이 따뜻해지면 봄을 느끼고 더워지면 여

름을 느끼고 바람이 쌀쌀해지면 가을을 느끼고 눈이 오면 겨울을 느꼈다. 졸리면 자고 배고프면 먹고 심심하면 나무 위에 올라갔다. 아무것도 필요 없는 삶이었다. 점차 나 자신이 보이기 시작했고, 나는 조금씩 행복해졌다. 그렇게 시간이 얼마나 흘렀는지 모르겠다. 내 얼굴을 만져보니 수염이 꽤나 길게 자라 있었다. 이마를 만져보니 깊게 팬 주름이 만져졌다. 그렇게 시간을 모른 체해도 시간은 계속 흐르고 있었다. 어느 날, 문을 열어보니 눈이 잔뜩 쌓여 있었다. 나는 기지개를 크게 켜서 차갑고 상쾌한 공기를 가슴 깊이 들이마셨다.

"아, 조오타…. 다시 겨울이구먼."

나는 어느새 내 코가 뻥 뚫려 있음을 인지했다. 그러고 보니 나는 산속에 들어온 뒤 언젠가부터 코를 후비지 않았다. 아마 맑은 공기 때문이었으리라. 방귀 냄새도 나지 않았다. 이것은 아마도 산속에서 신선한 채소 위주로 식사를 했기 때문 아니었을까. 문득 오랫동안 잊고 있던 아내가 그리워졌다. 그렇게 산 너머를 바라보며 사색에 잠겨 있는데 멀리서 누군가 걸어오는 모습이 보였다. 한 명은 카메라를 들고 다른 한 명은 커다란 등산 배낭을 메고 있었다.

"안녕하세요~ 어르신.
저희는 '나는 자연인이다'라는
프로그램에서 나왔습니다."

'아, 승윤이 형!'

개그맨 이승윤 형이었다. 하지만 그는 나를 알아보지 못하는 듯했다. 나 역시 내 정체를 군이 알릴 필요가 없었다. 나는 그 자리에서 가명을 만들었다.

"아, 네 안녕하세요.
저는 자연인 유낭만이라고 합니다."
"유낭만이라…. 이야~

어르신, 이름에서도 분위기가 느껴지네요!"

그렇게 갑자기 찾아온 그들은 산속 우리 집에서 3일간 머물며 내 삶을 촬영했다. 나도 몇 년 만에 보는 사람인지라 반갑고 즐거웠다. 나는 그들에게 내가 산속에서 사는 이야기, 내가 여기까지 오게 된 사연들을 주저리주저리 늘어놓았다. 그들이 떠날 때는 눈물이 나기도 했다.

"아내분이 이 방송을 꼭 봤으면 좋겠네요."

그들이 떠나고 나는 내 방송을 보기 위해 시내 고물상에서 구닥다리 티브이를 하나 구입했다. 이게 얼마 만의 내 방송 모니터인가. 오랜만에 티브이에 나올 내 모습이 궁금했다. 나는 방송이 시작되기 세 시간 전부터 마음을 졸이며 고물 티브이 앞에 앉아 방송이 시작되기만을 기다렸다. 드디어 광고가 끝나고 '나는 자연인이다' 타이틀이 시작되었다. 나는 벌떡 일어나 티브이 볼륨을 높였다. 그러고 곧 화면에 서브타이틀 자막이 나왔는데, 그걸 보자마자 나는 바로 티브이를 꺼버리고 말았다.

'제1부, 낭만이 아저씨의 슬픈 코딱지'

아니….

슬픈 코딱지가 뭐냐, 슬픈 코딱지가. 젠장. 역시 방송계는 변한 게 하나도 없구나. 내가 너무 솔직했구나. 에이, 기분 잡쳤다. 난 그대로 이불을 얼굴까지 덮고 잠이 들었다.

쿵쿵쿵!!

몇 시간이 흘렀을까. 한참을 자고 있는데 누군가 문을 두드렸다. '이놈들, 너무했다 생각은 했나 보네.' 제작진들이면 싫은 소리 좀 해야겠다, 하고 벌컥 문을 열었다.

"이보세요, 슬픈 코딱지가 뭡니까. 슬픈 코딱…."

그런데 내 눈앞에 있는 건 제작진이 아니었다.

문 앞에는 내가 그토록 그리워하던 아내가 서 있었다.

"여보…."

아내의 머리와 어깨에는 수북하게 눈이 쌓여 있었다. 그 모습이 마치 하늘에서 내려온 천사 같았다. 그녀가 나를 보고 미소 지으며 말했다.

"방송… 잘 봤어."

나는 이게 꿈인가 생시인가 한참을 멍하니 그녀를 바라보고 서 있다가 곧 생시임을 알아차리고 서둘러 그동안 아내를 만나면 하려고 연습했던 말들을 무작정 내뱉었다. 조금이라도 늦게 얘기하면 그녀가 사라질 것만 같았기 때문이다. 나는 마치 처음 동화책을 읽는 아이처럼 더듬거리며 그녀에게 말했다.

"여보, 내가 그날 나이트클럽에 간 건

내 인생 최고의 행운이었어. 당신을 만날 수 있었으니까.

어… 그리고… 아!

당신은 날 더 좋은 사람이 되고 싶게 만들었어.

그리고 나는 여기 산속에 들어와서

행복하게 아주 잘 살았어.

꽃도 보고, 별도 보고 산새들과도 이야기를 나누며 살았지.

하지만 그게 다는 아니었어.

허전하게 채워지지 않는 부분이 있었어.

이곳엔 당신이 없었어.

함께 별을 볼 수 없고 함께 웃을 수도 없었지….

당신이 간절히 보고 싶었어….

세상은 참… 눈물 나게 비정해….

하지만 세상이 아무리 험난해도 당신을 사랑할 거야.

여보, 나를 용서…."

"닥쳐."

그녀가 이어 말했다.

"당신이 문을 열고 나온 순간부터
이미 나는 다 풀렸으니까."

나는 터질 것 같은 울음을 참으며 말했다.

"하지만 나는….
곧 다시 코딱지를 팔 거고
당신은 나를 다시 지겨워할 텐데도?"
"괜찮아."
"괜… 찮아…?"
"응, 괜찮아."

그녀가 괜찮다며 웃어 보였다. 나는 그녀를 와락 끌어
안았고 그녀도 내 안에 푹 안겼다. 눈송이는 점점 더 굵어
졌고 우리는 눈 속에 파묻혔다. 그녀는 여전히 아름다웠
고 그녀의 입술은 여전히 따뜻했다. 그 겨울밤은 그 어떤

날보다 따뜻한 밤이었다.

"아이참, 여보~

이러다 산에 있는 눈 다 녹겠다아."

"내가 여보 만나면 쓰려고

산에서 좋은 것만 먹었거든. 하하.

아, 참 그런데 당신 이제 몇 살이야? 아직 안 죽었네?"

"뭐 이 새끼야?"

춥고도 따뜻한 밤이었다.

둘째 장

Life
of
Lie

당신은 당신의 예술로

시대를 바꾸려 했는데,

나는 시대를 이용해

나를 바꾸려고만 하네요.

널 미워하는 사람을
널 사랑하게 하려고 쓰는 시간.

뒤를 봐.

널 사랑하는 사람들이
널 기다리고 있잖아.

나에게 코미디란

이상한 마음이었다. 관객들이 내 개그에 웃지 않는 상황이 나는 너무 재미있었다.

"내가 일주일 내내 열심히 준비하고 연습했는데
사람들이 아무도 안 웃어!! 으하하하!!"

썰렁한 관객석을 뒤로하고 무대에서 내려오자마자 난배가 아플 정도로 웃었다. 이보다 웃긴 코미디는 없을 것같았다. 가끔은 이렇게 사람들이 내 개그를 이해하지 못하는 상황이 참 재미있었다. 내가 무대에서 개그를 할 때 많은 사람들이 공감해서 빵 터지는 최대치 데시벨의 순간보다, 관객의 반 이상이 내 개그를 이해하지 못하고 어리둥절해 있는 상황에서 몇몇 사람만이 '나 이거 뭐 말하는지 알아'라는 표정으로 입을 막고 끅끅대며 웃는 순간이 더 행복했다.

이것은 점점 더 병이 되어갔다. 일부러 웃기지 않는 개그를 짜고 일부러 소수만이 공감할 수 있는 개그를 시도했다. 나는 그 순간들이 너무 재미있고 행복했지만 대중들에게는 '재미없다', '벌써 물 빠졌다'라는 식의 비평이 들려왔다. 나는 대중들을 위한 코미디가 아닌 나만을 위한 코미디에 점점 빠져들어 갔다. 내가 만든 허구의 록 밴드 '닥터피쉬'가 그랬다. 본인들이 최고의 록 스타이며 최고의 인기를 얻고 있다고 착각하는, 아니 믿고 있는 설정의 개그였다. 이 캐릭터는 가장 나와 닮아 있는 듯했다. 실제 객석에는 아무도 없지만 객석 저 멀리까지 둘러보며 많이들 와주셔서 감사하다고 얘기한다. 소리쳐주는 관객은 아무도 없지만 자신의 귀를 막으며 크게 환호해주어서 감사하다고 얘기한다. 이것은 누구를 위한 노래이며 누구를 위한 개그일까. 나는 객석에 관객이 없어도 행복하게 노래했고 아무도 웃지 않아도 행복하게 개그를 했다. 하지만 이런 나를 사람들이 좋아해 줄 리가 없었다. 이런 나의 변태적인 개그감은 나를 더욱더 고립시켰다.

나는 나 자신에게 물었다.

'넌 진짜 그게 웃겨?'

.

.

.

.

.

아니.

아니었다. 진짜 내면의, 저 깊숙한 곳의 나를 가만히 들여다보았다. 그 속의 나는 겁을 먹고 있었다.

사람들이 더 이상 나에게 웃어주지 않을까 봐
사람들이 더 이상 나에게 환호하지 않을까 봐

나는 사실,
많이 두려웠다.

그래서 나는 나를 단련시키는 거였다.
웃어주지 않아도 무너지지 않도록
환호하지 않아도 행복하도록
사람들이 봐주지 않아도 자신감을 잃지 않도록

나는 사람들을 웃기는 나의 능력이 곧 사라질 것을 예감하고 있었다.

다시 나에게 물었다.

'코미디는 꼭 웃겨야만 해?'

.

.

.

.

아니.

아니었다. 빵 터져야만 코미디가 아니었다. 꼭 웃음이
나와야만 코미디가 아니었다. 지난 몇 년간 철없고 멍청
했던 나의 개그들이 내 머릿속에 가시처럼 박혔다. 그동
안 '웃겨야 한다'라는 고정관념 속에 갇혀 때로는 누군가
를 난처하게 하고 심지어 가족에게 상처를 주기도 했다.
그러고도 개그맨이라는 직업이 마치 면죄부라도 되는 양
스스로 떳떳하다고 생각했다. 하지만 아니다. 그것은 분명
웃음을 빙자한 죄악일 뿐이었다. 내 무지한 개그에 상처
받은 많은 이들에게 미안했고 용서받고 싶었다.

'사람들을 웃기지 않아도 돼.

이제부터 사람들을 기분 좋게 해주자!'

　내 머릿속에 코미디에 관한 생각이 한순간에 정리되었다. 생각이 바뀌고 나니 조금씩 두려움도 사라졌다. 영원히 사람들을 웃길 자신은 없었지만 기분 좋게 해줄 수는 있을 것 같았다. 생각이 바뀐 이후 사람들은 다시 나를 좋아해 주기 시작했고 후배들도 나를 진심으로 존경해주었다. 나는 후배들에게 '웃기는 사람'이 되지 말고 '유쾌한 사람'이 되라고 조언해주었다.

　나는 이 책을 통해 당신이 기분 좋기를 바란다. 그리고 웃어보길 바란다.

　더 나은 사람이 되는 길은 아직 멀고도 험하다.

광고 회사의 실체

나는 2015년 1월 29일, 광고 회사를 창립했다. 단돈 100만 원에 광고를 만들어주는 시스템이었다. 사람들은 역시 유세윤이라며 찬사를 보냈다.

하지만, 애석하게도 이 회사는 실제 광고 회사가 아니다. 이 회사는 사실, 원하는 시대로 시간 여행을 할 수 있는 '타임머신'을 만들기 위해 세운 회사였다. 어려서부터 지금까지 내가 가장 좋아하는 영화는 로버트 저메키스 감독의 〈백 투 더 퓨처〉이다. 시간을 거슬러 과거로 현재로 마음껏 넘나들 수 있다는 설정은 이제 진부한 소재가 되어 버렸지만, 아직까지 〈백 투 더 퓨처〉만큼 나를 설레게 하는 타임머신 영화는 없었다. 1탄이 끝나는 장면에서 브라운 박사님은 갑자기 이상한(?) 옷을 입고 나타나 "마티, 이제는 미래로 가야 해!"라고 말하고는 마티와 제니퍼를 드로리안에 태우고 하늘을 날며 번쩍하고 사라진다. 그리고 드로리안이 사라진 하늘에 크게 써지는 글씨.

'to be continue'

'아…. 문장 하나로 이렇게
나를 가슴 뛰게 할 수 있다니!'

나는 영화가 아직 끝나지 않았음에 안도의 숨을 내쉬니 〈백 투 더 퓨처 2〉가 개봉할 '미래'를 기다렸다. 예고한 '미래'가 있으니 남겨진 기다림은 나에게 너무나 큰 즐거움이었다. 2탄이 끝날 때도 혹시나 'to be continue'가 안 나오면 어쩌나 조마조마해 했던 기억이 난다. (3탄이 끝나

고는 '투 비 컨티뉴'가 나오지 않아 끝부분만 엄청 돌려보았다. 혹시나 글자를 숨겨놓았을까 봐)

어렸을 때는 미래로 가는 〈백 투 더 퓨처 2〉를 가장 좋아했다. 하지만 어른이 되고 나니 과거로 가는 내용의 〈백 투 더 퓨처 1〉이 제일 좋아졌다. 나는 과거로 가고 싶었다. 과거로 돌아가 지금의 내 인생을 바꾸고 싶은 게 아니라 그저 과거의 나를 보며 지금의 내가 어떻게 형성되었는지, 나는 정말 그때 그렇게 행동했는지, 그때 진짜 내 마음은 무엇이었는지 나를 더 알고 싶었다. 내가 과거로 돌아간다고 해도 지금까지의 내 과오들은 되돌릴 수 없다는 사실을 난 잘 알고 있다. 나는 타임머신을 만들기 위해 나처럼 과거의 자신을 보고 싶어 하는 사람들로 직원들을 구성했다. 과학자, 물리학자, 건축학자, 카센터 사장, 홍삼 재배업자 등 다양한 분야의 실력자들이 모였다. 타임머신을 타고 가고 싶은 시점과 이유도 다양했다.

중학교 2학년 때 시험 둘째 날 종례시간으로 가고 싶습니다. 담임 선생님께서 물어보셨어요. '오늘 총 한 개 틀린 사람? 두 개 틀린 사람? 세 개 틀린 사람? 네 개 틀린 사람?' 저는 네 개 틀린 사람에서 손을 번쩍 들었죠. 그날만큼은 제가 일등이었어요. 그때 노력한 만큼 뿌듯해하는 저의 모습을 보고 싶어요.

(박 실장. 30세)

2004년에 첫 영화를 찍고 스태프들끼리 영화를 확인하는 '기술 시사회' 때로 가보고 싶네요. 그때 형들이 너 영화 보고 나서 눈물 안 나면 제대로 일 안한 거라고 그랬었는데, 마지막에 엔딩 크레디트가 올라갈 때 제 이름을 보고 엄청 눈물을 흘렸던 모습을 보러. 힘들었던 기억 때문이 아니라 어려서부터 꿈꿔 왔던 일을 이뤄냈다는 생각 때문에 엄청 눈물 났던 날입니다.

(허 피디. 38세)

2012년에 회사를 그만두기 한 달 전으로 가보고 싶어요. 회사를 그만두고, 유럽으로 한 달간 생애 첫 해외여행을 떠날 준비를 하고 있었거든요. 그래서 그 한 달간의 회사 생활이 정말 즐거웠던 기억이 나요. 얼마나 신났을지 그 얼굴을 보고 싶어요.

(박 팀장. 29세)

그 과거의 삶에 아무런 관여를 할 수 없고 단지 보기만 하는 전제
라면 기억과 이성이 전혀 없는 본능만이 존재했던 아기 때로 가보
고 싶습니다. 부모님을 비롯한 수많은 사람들에게 사랑받으면서
행복감이 가장 극대화되었던 순간이었을 거라 생각하기 때문입니
다. 조금의 기억이나 희미한 잔상조차 없는 아기 시절의 '나'는 과
연 어땠을지. 그때의 생동감은 무엇이었을지. 제 기억에 없던 시절
을 보고 싶습니다.

(훈 피디. 27세)

아빠가 돌아가시기 전으로 가고 싶어요. 아빠는 어떤 사람인지
어떤 삶을 살았는지 아빠가 돌아가시지 않게끔 미래를 만들 수
있다면 아빠와 어떤 대화를 했을지 알고 싶어서… 돌아간다면 그
때로 가고 싶네요.

(윤 감독. 31세)

처음으로 섹스할 때요. 그 어색함과 두려웠던 순간을 지금 돌아가서 보면 왠지 설레고 막 그럴 것 같아요. 하하.

(독고 피디. 37세)

타임머신을 타고 돌아간다면 첫사랑을 처음 만날 날로 가보고 싶습니다! 그때 기억이 그 친구를 보고 멍해졌는데 그 표정이 너무 궁금해요. 얼마나 바보처럼 멍한 표정이었을지.

(강 사원. 30세)

훈련소 생활이 끝나고 막 자대 배치를 받아 내무반에서 선임들을 기다리던 때의 저의 모습입니다. 살면서 가장 긴장하고 바보 같았던 저의 모습이 너무 안쓰러울 거 같아서 그 모습을 본다면 많은 생각이 들 것 같습니다.

(당산 한상원. 25세)

나는 중학교 시절로 가고 싶었다. 별을 보아도 눈을 감아도 설레기만 하던 시절. 하지만 그때의 기억이라고는 온통 내 머릿속과 마음속에 대한 기억뿐이다. 그때의 설

레던 나는 어떤 행동을 하고 있을까. 알 수 없는 미래에 대해 기대에 가득 차 있는 내 얼굴은 얼마나 행복할까.

우리는 타임머신을 만들기 위해 돈이 필요했다. 그래서 광고를 만들어 납품하며 돈을 모았다. 하다 보니 광고를 제작하는 스킬도 점점 발전했다. 타임머신 개발에 실패하면 이대로 광고 회사로 계속 가도 되겠는데, 라며 싱거운 농담을 하기도 했다. 우리는 지구에 축적되어 있는 시간 에너지를 모으기 위해 세계 곳곳을 답사했다.

휴대폰이 시간 회로를 방해할 수 있다는 가설 때문에 휴대폰 없이 생활을 해보기도 했다. 그렇게 같은 목적을 가지고 모두가 열심히 일했다. 누구 하나 힘든 내색이 없었다. 그들은 모두 과거에 행복했던 자신의 모습을 볼 생각에 의지가 넘치는 듯했다. 우리는 매일매일 돌아가고 싶은 과거에 대한 이야기를 나누었고 서로의 과거에 대해 공감을 하기도, 때로는 응원을 해주기도 했다. 작업은 늘 재미있었고, 행복했고, 설레었다. 그렇게 우리들은 우리들

만의 행복한 과거를 만들어갔다.

　아직도 타임머신은 제작 중이지만

　아직도 우리는 들떠 있지만

　우리는 이제 타임머신 개발에 실패한다고 해도 괜찮을

것 같다.

　우리는 지금, 웃고 있다.

to be continue.

파도를
기다리는 것도
서핑이야

내가 서핑을 좋아하게 된 건 서핑 선생님의 이 한마디 때문이었다. 나는 서핑을 하러 주로 부산 송정으로, 제주도 중문으로 간다. (양양에도 가봐야 하는데) 내가 한국에서 서핑을 한다고 하면 거의 모든 사람들이 나에게 같은 질문을 한다.

"근데 우리나라에 파도가 있긴 있어요?"

파도 차트를 체크해서 좋은 파도 때에 잘 맞춰서 가면

한국에서도 근사한 파도를 만날 수 있다. 물론 거친 파도도 만날 수 있고.

아마 나에게 질문한 사람들이 한국 파도를 만만히 보고 바다에 쉽게 들어갔다간 파도가 주는 엄청난 공포를 느끼고 다시는 그런 질문을 못할 것이다. 나도 똑같은 질문을 했다. 하지만 세탁기(파도에 휩쓸려 물속에서 데굴데굴 구르는 것)를 당해보고 나서는 다시는 그런 질문을 하지 않았다.

나는 스케줄이 일정하지 않아 좋은 파도 때에 맞춰가기가 쉽지 않았다. 그래서 약간의 여유가 생기기라도 하면 무작정 바다로 떠났다. 파도가 작더라도 어쩔 수 없었다. 파도가 작은 날에는 그냥 서핑 보드 위에 앉아 바다 저 편 수평선을 바라보고 있는 게 다였다.

그러다가도 가끔은 좋은 파도를 만나는 날도 있었다. 좋은 파도라고 함은 크고 강한 파도가 아니라 '나에게 맞는 파도'이다.

연습 부족과 경험 부족을 핑계로 아직도 나의 실력은 초보에 머물러 있지만 가끔은 나에게 딱 맞는 파도를 만

나면 그때만큼은 나도 파도 위에서 서퍼가 된 듯 여유를
부려본다.

　서핑을 끝내고 나와 샤워를 한 뒤 마시는 시원한 맥주
의 짜릿함은 다음 서핑을 더 재밌게 할 수 있는 용기를 준
다. (바다에 들어가는 순간부터 이따 마실 맥주를 상상한다) 함
께 맥주를 마시던 서핑 선생님이 말했다.

　　　"바다에서 많이 안절부절 하던데 그럴 필요 없어요.
　　파도를 잡아서 라이딩 하는 것만이 서핑이 아니에요.
　　　바다에 들어가서 파도를 기다리는 순간부터
　　　　　그 모든 게 서핑인 거예요.
　　　이미 세윤 씨는 서핑을 하고 있는 거니까
　　　서두르거나 안절부절 할 필요 없어요."

　그날 이후로 나는 서핑보드에 앉아 바다에 떠 있기만
해도 행복함을 느낄 수 있었다.

　나는 지금 삶이라는 바다 위에 떠 있다. 나에게 딱 맞는

파도가 오면 잡아타면 되고, 놓치면 또 기다리면 된다. 영원히 놓쳐도 상관없다. 더 이상 안절부절 하지 않을 것이다. 나는 이미 서핑 중이니까.

'잠시 멈춰 있는 것도 인생이야'

리얼만이
통하는 세상

정말 신기한 일이다.

아이를 재우기 위해 함께 누울 때,

눈만 감고 있으면 아이가 잠들지 않는다.

진짜 내가 살짝 잠들어야 그제야 아이가 잠이 든다.

네가 잠들면 조용히 일어나서

맥주 한잔 하려고 했는데

나는 오늘도 그냥 같이 자버린다.

인스타그램은
당신보다 당신을
더 잘 알고 있다

나는 SNS를 통해 나만의 빅 데이터를 만들기도 했다. 한번은 인스타그램을 통해서 '부정'과 '긍정'에 대한 실험을 해보았다. 여러 장의 사진을 올려 놓고, 좋은 사진을 골라 달라는 게시물 하나와 싫은 사진을 골라 달라는 게시물 하나를 따로 업로드했다. 참여도는 3배 이상 차이가 났다. 좋은 사진을 골라 달라는 게시물보다 싫은 사진을 골라 달라는 게시물의 좋아요 수와 댓글의 수가 3배 이상 많았다. 반복해서 실험을 해보아도 마찬가지였다. 나는 이 결과를 통해 두 가지를 느낄 수 있었다.

첫째, 사람들은(혹은 한국 사람들은) 좋음에 대한 에너지보다 싫음에 대한 에너지가 훨씬 강력하다는 것. 즉, 좋다는 표현보다 싫다는 표현을 더 자주 하고 더 적극적으로 한다는 것이다. 그것은 인터넷의 댓글을 봐도 쉽게 느낄 수 있다. 사람들은 호감에 대한 공감보다 미움에 대한 공감을 더 원하는 듯 보였다. 누군가를 혼자 좋아하는 것보다 누군가를 혼자 미워하는 것을 더 외롭다고 느끼는 걸까. 그래서 같이 미워해달라고, 그것은 미워해야 마땅하다고 모이고 모여 서로의 외로움을 다독이는 게 아닐까. 결국 미움도 외로움이 아니었을까.

둘째, 사람들은 나를 싫어(?)하며 즐거워한다는 것. 나를 팔로우하고 있는 사람들은 대체 왜 나를 팔로우하고 있을까. 그것에 대한 해답으로, 아마도 나를 통해서 느끼는 '통증' 때문이 아닐까 생각했다. 매운맛은 실제로 맛이 아니라 혀의 통증이라고 하는데, 그러니까 사람들은 매운맛으로 먹는 게 아니라 매운 고통으로 먹고 있는 것이다. 그 적당한 고통의 쾌락! 그것이 내가 가지고 있는 가치가 아니었을까.

내가 올리는 게시물에는 '너무 좋아요'라는 댓글보다,

- '윽ㅋㅋㅋ진짜 싫엌ㅋㅋㅋ'
- '10초 이상 못 보고 껐음ㅋㅋㅋㅋㅋㅋ'
- '항마력 테스트'

등의 댓글들이 훨씬 많다. 보기 싫은 걸 참아가며 나를 즐긴다. 보기 싫은 나를 보기 위해 나를 팔로우 한다. 보기 싫은 나를 보여주기 위해 자신의 친구들을 태그 한다. (근데 보기 싫은 나라고 하지만 실은 나를 보고 싶어 할 거라고 믿을 거예용) 나의 코미디는 굳이 맛으로 분류하자면 매운맛쪽이 아닐까. 하지만 적당한 매운맛. 이 '적당함'을 지키는 게 가장 어렵고 중요하다.

가끔 너무 매워질 때마다 알려주셔서 감사합니다.
사랑합니다.

*

그런데 실험한 사진은 모두 내 사진이었다.

(이것이 이 실험의 완벽한 모순)

그래서 나만의 빅 데이터.

캡사이신 말고, 고추장처럼 깊은 매운맛이고 싶다.

세상이 무서워진 걸까
미디어가 발전한 걸까

자고 있던 아이가 갑자기 일어나 엉엉 울었다.
아마 무서운 꿈을 꾼 모양이었다.

"나 너무 무서워… 엄마….”
"그렇게 엄마가 뉴스 보지 말라고 했잖아….”

아기 때 이후로 그렇게 슬피 우는 모습은 처음 본 것 같
다. 정말 한참을 엉엉 울며 무섭다고 했다. 아까 왜 뉴스를
켜놓았느냐고, 뉴스가 너무 무섭다고 눈을 감은 채로 펑펑

울었다. 그런데 하필 그 순간, 티브이 화면에 [사망 39명, 부상 108명]이라는 사고 속보가 떴다. 울던 아이는 티브이를 보자마자 으악 하고 다시 방으로 뛰어 들어갔다. 아닌 게 아니라 뉴스를 켤 때마다 사망, 살인, 성폭행, 자살, 학대 등 온통 어두운 소식들이 넘쳐나고 있었다. 아이가 있기 전에는 몰랐던 뉴스의 무서움, 진실의 무서움이었다.

미디어는 어디까지 알려줘야 하고 어디까지 보여줘야 하는 걸까. 공포를 이기기 위해 그 공포의 사례를 보여주는 게 맞는 걸까. 죄를 짓지 못하도록 하기 위해 그 죄의 사례를 보여주는 게 맞는 걸까.

만약 모를 수만 있다면 조금 비겁하지만, 세상의 어두운 부분은 모른 채 살고 싶다.

아이는 좀비는 무섭지 않지만, 뉴스는 무섭다고 했다.
세상엔 행복한 일도 많다고 일러주었지만,
좀처럼 믿지 않는 눈치다.

아빠 회사 잘 다여오고 멸심이
바러오세요

그리고

아이는 나랑 닮았다는 말이 싫다고 했다.

생각보다 아이는 알 만큼 알고 있는 듯하다.

목적 없는 삶

나는 이루고 싶은 것은 없었지만
하고 싶은 것은 많았다.

사람들을 웃게 하고 싶어 개그를 해보고
음악을 해보고 싶어 노래를 만들어보고
광고를 만들어 보고 싶어 광고를 찍어보고
회사 사장이 되어보고 싶어 작은 회사를 만들어봤다.

잘 되지 않아도 상관없었다.

돈이 없어도,

규모가 작아도 꼭 그럴싸하지 않아도 상관없었다.

준비하는 동안 즐거웠고

행하는 동안 기분이 좋으면 그걸로 되었다.

그러다 어쩌다, 정말 어쩌다가 간혹 한번 인정이라도 받는 날이면 우와, 이게 웬 보너스냐며, 덤으로 생긴 행복을 즐기면 그만이었다. 감사하게도 나는 보너스를 많이 받은 삶이었다.

목표가 없다고 무시도 당했지만

충고해주는 사람의 얼굴을 보니

미안한데 내가 더 행복해 보이더라.

형 표정, 썩어 있더라.

지금 나는 책을 쓴다.

벌써 기분이 좋다.

나는 이걸로 됐다.

선과 악 · 1

사회적으로 추앙받던 인물이 죽었다.

그가 죽은 후 사람들은 모두 큰 슬픔에 빠졌다.

그러던 와중에 우연히 그의 비밀 일기가 발견되었다.

그의 비밀 일기 속에는

온갖 더러운 욕망과 추악한 상상들로

가득 채워져 있었다.

일기 속의 그는 욕망을 채우고 싶어도

사회의 질타와 법의 심판이 두려워

아무것도 행하지 못하고 있다고 했다.

그에게 따뜻한 가르침과 도움을 받은 사람들은

충격에 빠졌다.

그는 선인가 악인가?

선과 악 · 2

나는 내 진심을 거짓 없이 솔직하게 이야기했을 때
좋은 결과를 불러온 적이 거의 없다.
때문에 내 진심을 얘기할 땐,
포장과 가미의 화술이 필요했다.
진심을 잘 포장해서 이야기하니 결과는 아주 좋았다.

좋은 결과에 신이 난 내 진심은 점점 더 포장되어갔고
진심은 점점 사라져갔다.
그렇게 나는 진심 없는 가식만이 남게 되었다.

그런데도 결과는 점점 더 좋아져만 갔다.

어디까지 가야 하는 걸까.

하지만 당신이 기분 좋으니 나도 좋다.

나는 선인가 악인가?

셋째 장

아,
그럴 수도
있겠다

아구털수도있겠당

억울함은 나를 괴롭게 했고
받아들임은 나를 편안하게 했다.

**너 외롭지 않게 하려다
내가 외로워져 버렸잖아**

*

오글거리다;
[동사] 남에게 숨기고 싶은
자신의 낯 뜨거운 모습을 발견했을 때
손발이 오그라들고 지구를 떠나고 싶은 마음의 상태

내 맘대로 할 거양

행복은 없어.

그냥 기분 좋게 살아.

난 오늘 점심에 맛있는 라멘을 먹어서 참 기분이 좋아.
그래서 오늘은 기분 좋은 날로 할 거양!

우울한 너에게

뭐?

누가 네 욕하고 다녀?

괜찮아, 그냥 씹어.

어차피 이 세상엔 널 사랑하는 사람보다

널 사랑하지 않는 사람이 더 많아.

사랑하는 사람만 보고 살자.

사랑하는 사람인데 널 욕해?

아니 그건 충고겠지.

그래도 널 짜증 나게 하고 힘들게 하면, 그냥 걔 버려.

뭐 어때. 시원하게 버려.

*

근데, 뭐? 응? 그게 가족이야?

아… 시바 어쩌지….

희… 희생하자….

내 친구 우울이

나는 시도 때도 없이 찾아오는 내 우울함과 친해지는 중이다.

규칙적으로 혹은 불규칙적으로 그 녀석은 잊지도 않고 나를 꼬박꼬박 찾아온다. 처음에는 예고도 없이 불쑥불쑥 찾아오는 그 녀석이 너무 두려웠고 어떻게든 떼어내려 발버둥을 치며 괴로워했지만 이제는 그 녀석의 '예고 없음'도 익숙해져 버렸고 찾아오면 어느 정도 놀다 가시게 그대로 둘 수 있는 내공도 생겼다.

"아이고~ 또 오셨어요~?"

나는 이렇게 우울함이 찾아올 때마다 혼잣말을 한다.

"그럼 그렇지.

한동안 많이 뜸하다 했네요~

어서 와요~"

"아이고~ 이번엔 왜 이렇게 또 금방 오셨대??"

*

이거 미친놈 같지만 은근 효과 있음.

아닌가… 나 미친놈 맞나….

진실

"콩쥐 팥쥐의 엔딩은 실은 해피엔딩이 아니라

팥쥐가 콩쥐를 죽이고

나중에 팥쥐가 죽어 젓갈로 만들어지는 거래."

"신데렐라의 엔딩은

언니와 새어머니의 발목을 자르고 끝난대."

동화도 실은 그게 진실이 아니었다고 한다.

역사도 실은 그게 진실이 아니었다고 한다.

다큐도 실은 그게 진실이 아니었다고 한다
뉴스도 실은 그게 진실이 아니었다고 한다.

여태 믿어왔던 사실들이
모두 그게 진실이 아니라고 한다.

이 책은 시작부터 진실이 아니라고 한다.
그러니 그 어떤 사실보다 더 진실 되지 않을까?

없다

나는 꿈이 없다. 바람만 있을 뿐.

나는 장래희망이 없다. 희망만 있을 뿐.

나는 계획이 없다. 구상만 있을 뿐.

나는 행복이 없다. 즐거움만 있을 뿐.

나는 _____ 없다 _____ 만 있을 뿐!

어떻게 하면
행복할 수 있나요

어쩌다가 행복이라는 단어가 만들어져

우리를 이렇게 힘들게 할까.

행복이라는 단어가 세상에 없다고 한번 가정해 봐.

그냥 어떤 기분 중에 하나일 뿐이야.

사랑도 마찬가지

단어 안에 마음을 가둬 버리지 마.

헐.

항상 외롭죠.

잘 지내다가도   문득,
'나 만 빼고 이 사람들의 성향은 갔구나.'
  느낄 때.   많이 외롭죠.

그래서   내가   그들의   성향을   맞추어
노력해서   비로소 그 들과 같아졌을때.
    이게 뭐하는 것인가 싶어서
더 외롭죠.
        외롭죠,
    어차피

외로움

우리나라에는 외로운 사람들이 많은 것 같다.

돈이 많건
사랑하는 사람이 있건
명예가 있건 없건 상관없이
외로움을 느끼는 사람들이 많은 것 같다.

문득 이런 생각이 들었다. 혹시 우리나라 사람들이 유행
에 민감하고 개성이 없고 남들 시선에 신경을 많이 쓰는

이유도 외로워서가 아닐까. 혼자이기 싫어서, 누구와라도 같은 얘기를 나누고 싶어서 유행이라도 따라가 그 무리 안에 속하고 싶은 게 아닐까? 남들이 하는 거라면 나도 해야 하고 남들이 가지고 있는 거라면 나도 갖고 있어야 하는 것도, 유행이라는 연결 고리를 통해서 다수의 사람들과 '이야기'를 나누고 싶어서가 아닐까? '개성'을 버리고 너와의 '이야기'를 얻을 수 있다면 그게 더 행복한 선택이 아니었을까. 나는 인스타그램에 해시태그를 많이 쓰는 게시물을 보면 이상하게 외로워 보인다. 그 파란 '#' 태그들이 '어서 내게로 와줘. 나 너무 외로워.'라고 신호를 보내는 것만 같다.

가끔은 나도 불안할 때가 있다.
당신들이 아는 이야기를 나만 모를까 봐.
당신들이 아는 그 기분을 나만 모를까 봐.
문득 나도 외로워질 때가 있다.

줄임말을 싫어하면서도 무슨 뜻인지 검색을 하고

연예인들에게 별 관심도 없는데도
연예뉴스면을 둘러본다.

"뭔지 알지?"

사람들은 이 말을 꽤 자주 한다.
그럴 때 "그럼, 뭔지 알지, 알지!"라고 답할 수 있으면
참 행복해지더라.

가끔은 내가 관심 있는 것들이,
'나'를 위한 관심사인지
'너'를 위한 관심사인지 헷갈릴 때가 있다.

나도 이 책을 쓰며 혼자 당신에게 얘기해본다.

뭔지 알지?
너도 나와 같지?
너는 내가 왜 그랬는지 알지?

내가 다 미안해

마스크를 쓰고 있으면

"누가 알아본다고 저러냐. 열라 연예인 티 내네."

마스크를 벗고 있으면

"자기 좀 알아봐 달라고 저러는 것 좀 봐."

나에게 왜냐고
묻지 마세요

"이런 거 왜 하는 거예요?"

"이런 거 왜 찍으시는 거예요?"

"이런 거 왜 만드시는 거예요?"

"이런 거 왜 쓰시는 거예요?"

"이런 거 왜 올리시는 거예요?"

미안해요.

나도 잘 모르겠어요.

나도 이유 없이 만들어진 걸요.

이유 찾으려다 불행해져요.

조심해요.

그렇고 그런 사이

한번은 친구들과 자그마한 술집에서 술을 마시고 있는데, 옆 테이블에 있던 20대로 보이는 남자 몇 명이 나를 알아보았다. 그들은 내 팬이라며 나에게 사진을 찍어달라고 요청했다. 나는 지금 술을 마신 상태라 사진은 좀 그렇고 같이 술이나 한잔하면 어떻겠냐고 했다.

그들은 그런 거 필요 없으니 그냥 사진이나 한 장 찍어주면 안 되겠냐고 했다.

나는 사람들에게 기록되기보다

사람들의 추억이 되고 싶다.

연예인

언젠가 동엽이 형이 얘기했다.

연예인이 제일 괴로울 때는
사람들이 다 알아보는데 일이 없을 때라고.

결혼 조언

이건 그냥 우리 부부에게 조금은 도움이 되었던 방법
인데, 각자 서로에 대해 좋은 점과 싫은 점을 써서 교환한
다음, 상대방이 쓴 나의 싫은 점 중에서 결코 내가 포기할
수 없는 부분, 이것만큼은 절대 포기할 수 없는 것들을 체
크했다.

그렇게 체크된 부분은 서로 받아들이고 체크되지 않은 부
분들은 개선해갔다. 시간이 흐르자 우리는 점차 체크되어
있는 것들까지도 줄여 갈 수 있었다. 하지만 우리는 언제

나 이혼할 가능성이 있고 오래오래 행복하게 잘 살 가능성도 있다.

무엇이든, 그럴 수도 있다.

나는 당신의 이것이 싫다   나는 이것만큼은 못 고쳐

가사 의뢰

다음은 제가 쓴 가사인데요,

저와 같은 마음인 누군가가

멋진 멜로디로 노래를 완성시켜 주면 좋겠어요.

나도 많이 아팠어

나 명치에 돌 들어 있어 여기 여기 여기

나 머리에 벌레 있어 여기 어 다시 여기

아프다고 수군거려

약하다고 쯔쯔거려

밤이 좋던 난데 해가 지면 무서웠어

그 어둠에 속아 내가 날 미워할까 봐

행복을 찾지 마

그저 기분 좋게 살아

대단할 거 없는 세상

그저 그런 세상

행복을 놓아줘

그저 기분 좋게 살아

맛있는 게 참 많아

재밌는 게 참 많아

행복은 없어 행복은 없어

하루에 하나 기분 좋기를

그럼 그날은 좋은 날인 걸로

한 달에 한 번 어디든 떠나길

그럼 그달은 좋은 달인 걸로

행복을 찾지 마

그저 기분 좋게 살아

대단할 거 없는 세상

그저 그런 세상

행복을 놓아줘

그저 기분 좋게 살아

맛있는 게 참 많아

재밌는 게 참 많아

행복은 없어 행복은 없어

그저 이 밥이 맛있기를 그저 우리가 건강하기를

그저 오늘 밤 기분 좋게 취하기를.

민하에게

민하에게

민하야, 안녕? 아빠야.

우리 아들 지금 뭐하고 있을까.
좀 전까지 같이 놀 때는 엄청 피곤했는데,
금방 다시 보고 싶구나.

실은 말이야,
내가 너를 처음으로 만날 때,
너무너무 귀엽고 예쁜 아이가 세상에 나와서 정말 기뻤지만,
아빠는 사실 많이 두렵고 무서웠단다.

당장 너에게 세상을 행복하게 사는 법을 가르쳐줄 자신이 없
었어. 그저 세상에 태어나게 한 게 미안하기만 했단다.
나조차도 내가 사는 이유를 모르고 있었거든. 세상을 사랑하
지 못하고 있었고.

그런데 네가 다섯 살 때 나에게 했던 말이 나를 많이 일깨워 주었단다. 어느 날, 너의 귀안에 휴지가 엄청 많이 끼여 있었어. 병원을 가야 하나 싶을 정도로. 나는 너에게 물었어. 이거 왜 그런 거냐고. 그러자 네가 나를 보며 말했지.

일부러도 아니고 모르고도 아니에요.

이상한 대답이었지만 틀린 대답이 아니었어.
그래,
네가 이 세상에 태어난 것도 또 내가 이 세상에 태어난 것도
일부러도 아니고 모르고도 아니었어.
나는 한결 마음이 편해졌단다.

그리고 널 어떻게 하면 행복하게 해줄 수 있을까 고민했어.

그런데 너는 참 잘 웃고 잘 울더구나.
치킨 먹을 때 웃고, 팽이 돌릴 때 웃고, 가위 바위 보에서 연 달아지면 울고, 지우개 따 먹기 하다가 지우개가 튕겨나가 내

코에 맞으니 웃고, 내가 했던 개코원숭이를 따라 하며 웃고, 어른한테 예의 없게 행동해서 내가 무섭게 혼내니까 울고, 아빠 어렸을 때 바지에 똥 싼 얘기해주니까 5분 동안 미친 듯이 웃더라….

그런 너를 지켜보던 나는 널 굳이 행복하게 해줄 필요가 있을까 생각했다. 행복을 모르고도 이미 너는 이렇게 잘 웃고 있는데 말이야.
나는 그런 너를 그저 더 많이 웃게 해주면 되는 거였어.
그 정도는 어렵지 않을 거라 생각했다.

그런 마음으로 지금까지 살고는 있지만 그래도 가끔씩 널 슬프게 해서 미안해.
네 마음도 모르고 너를 혼낸 것도,
네 앞에서 엄마와 심하게 다퉜던 깃도,
아직도 너무 후회가 되고 마음이 아파.

나는 아직도 계속 실수와 잘못을 저지르고 후회하고 반성한

단다. 하지만 다시는 그러지 않기를, 내가 겪은 잘못만큼은 똑똑히 배웠으니 너만은 같은 실수를 하지 않기를 바라고 또 바라.

민하야,

너 역시 살면서 수많은 실수와 수많은 잘못을 하게 될 거야.

그래도 절대 무너지면 안 된다!

너를 미워해서는 안 돼!

무엇이 잘못되었는지 눈으로 똑똑히 보고 머리로 기억해둬.

그리고 너도 네 아이에게 알려주어야 해.

다시는 똑같은 아픔이 반복되지 않도록 말이야.

혹시 반복되더라도 그래도 반복되지 않도록 말이야.

그렇게 우리 자신을 만들어 가면

우리는 훗날 멋진 세상을 만든 사람이 될 거야.

아, 너무 진지했다. 방귀 뿡~ 코딱지 냠냠~

오늘은 엄마가 저녁에 친구들과 약속이 있다고 하니 우린 치킨 시켜 먹자. 엄마는 오늘 아마 새벽에 들어올 거야.

잠들기 전에 누워서 아빠 첫사랑 얘기해줄게.

엄마한테는 비밀이야.

사랑한다, 아들.

아프지 마.

내 인생이 멋진 소설이 되기를 바랐다.

하지만 그러지 못했다.

그럼 차라리 소설이 내 인생이 되기를.

to be continue.

결코 시시하지 않은

겉, 짓, 말.

1판 1쇄 발행 2018. 4. 1.
1판 2쇄 발행 2018. 4. 12.

지은이 유세윤
발행인 고세규
편집 최은희 김민경 | **디자인** 윤석진
발행처 김영사
등록 1979년 5월 17일(제406-2003-036호)
주소 경기도 파주시 문발로 197(문발동) 우편번호 10881
전화 마케팅부 031)955-3100, 편집부 031)955-3200 | **팩스** 031)955-3111

저작권자 ⓒ 유세윤, 2018
이 책은 저작권법에 의해 보호를 받는 저작물이므로 저자와 출판사의 허락 없이
내용의 일부를 인용하거나 발췌하는 것을 금합니다.

값은 뒤표지에 있습니다.
ISBN 978-89-349-9379-7 03810

홈페이지 www.gimmyoung.com   블로그 blog.naver.com/gybook
페이스북 facebook.com/gybooks   이메일 bestbook@gimmyoung.com

좋은 독자가 좋은 책을 만듭니다.
김영사는 독자 여러분의 의견에 항상 귀 기울이고 있습니다.

이 도서의 국립중앙도서관 출판시도서목록(CIP)은 서지정보유통지원시스템 홈페이지(http://seoji.
nl.go.kr)와 국가자료공동목록시스템(http://www.nl.go.kr/kolisnet)에서 이용하실 수 있습니다.
(CIP제어번호: CIP2018009333)